Through the Looking-Glass
and What Alice Found There

미니 거울 나라의 앨리스 : 꿈을 심어주는 환상동화

발행일 2020년 5월 29일

지은이 루이스 캐럴
옮긴이 류지원
그린이 임진아
펴낸이 장재열

펴낸곳 단한권의책 | 출판등록 제25100-2017-000072호(2012년 9월 14일)
주소 서울시 은평구 서오릉로 20길 10-6
전화 010-2543-5342 | 팩스 070-4850-8021 | 이메일 jjy5342@naver.com
블로그 http://blog.naver.com/only1book

ISBN 978-89-98697-80-8 04840 값 6,900원

미니
거울 나라의 앨리스

루이스 캐럴 지음 | 류지원 옮김 | 임진아 그림

단한권의책

◆ 하얀 졸인 앨리스가 11수만에 이기는 방법 ◆

1. 앨리스가 붉은 여왕을 만남
2. 앨리스가 하얀 여왕 줄 세 번째 칸을 지나(기차를 타고) 하얀 여왕 줄 네 번째 칸(트위들디와 트위들덤이 있는)으로 이동
3. 앨리스가 하얀 여왕을 만남(숄을 건네줌)
4. 앨리스가 여왕 줄 다섯 번째 칸(험프티 덤프티가 있는)으로 이동(가게, 강, 가게)
5. 앨리스가 여왕 줄 여섯 번째 칸으로 이동
6. 앨리스가 하얀 여왕 줄 일곱 번째 칸으로 이동(숲)
7. 하얀 기사가 붉은 기사를 이김
8. 앨리스가 하얀 여왕 줄 여덟 번째 칸으로 이동(대관식)
9. 앨리스가 여왕이 됨
10. 앨리스 캐슬링(만찬)
11. 앨리스가 붉은 여왕을 이김

1. 붉은 여왕이 붉은 왕 루크 줄 네 번째 칸으로 이동
2. 하얀 여왕이 숄을 찾아 하얀 여왕 비숍 줄 네 번째 칸으로 이동
3. 하얀 여왕이 하얀 여왕 비숍 줄 다섯 번째 칸으로 이동(양이 됨)
4. 하얀 여왕이 하얀 왕 비숍 줄 여덟 번째 칸으로 이동(선반에 달걀을 올려둠)
5. 하얀 여왕이 붉은 기사에게서 도망쳐 하얀 여왕 비숍 줄 여덟 번째 칸으로 이동
6. 붉은 기사가 붉은 왕 줄 두 번째 칸으로 이동
7. 하얀 기사가 하얀 왕 비숍 줄 다섯 번째 칸으로 이동
8. 붉은 여왕이 붉은 왕의 칸으로 이동(앨리스를 시험함)
9. 두 여왕이 캐슬링을 함
10. 하얀 여왕이 하얀 여왕 루크 줄 여섯 번째 칸으로 이동(수프)

순수함을 간직한 맑은 이마와
경이로움과 꿈꾸는 눈을 가진 아이야!
비록 시간이 빠르게 흐르고
너와 내가 인생의 절반을 떨어져 지냈어도
너의 사랑스러운 미소는
사랑의 선물인 동화를 떠올리게 하겠지.

나는 너의 햇살 같은 얼굴을 보지 못했고
너의 은빛 웃음소리도 듣지 못했네.
너의 어린 시절에 내가 머물 자리는
없으리라 생각하지만
지금 네가 내 동화를 듣는 것만으로도 충분하네.

태양이 뜨겁게 내리쬐던 어느 여름날,
이야기는 시작되었지.
우리가 젓는 노에 박자를 맞추던
소박한 종소리.
아직도 기억 속에 그 울림이 생생하지만
시기하는 세월은 '잊으라' 말하네.

Through the Lookin

그러니 어서 와서 들으렴.
슬픈 소식들을 가득 실은 두려움의 목소리가
환영받지 못하는 잠자리로 부르기 전에.
우울한 아가씨여!
우리는 잠들 시간이 다가오고 있음을 알고
초조해하는 더 나이든 어린아이들일 뿐.

밖에서는 눈 앞을 가리는 눈과 서리가 내리고
변덕이 심한 광란의 폭풍이 불고 있네.
안에서는 난로의 불그스레한 불빛과
어린 시절의 즐거운 보금자리가 있지.
마법의 이야기들이 너를 놓아주지 않아
미친 듯한 눈보라를 너는 눈치채지 못할 것이네.

비록 한숨의 그림자가
우리의 이야기를 흔들고
'행복한 여름날'은 지나가고
여름의 영광도 사라졌지만
불행의 숨결이
우리 동화 속 이야기의 즐거움을 빼앗지 못할 것이네.

ass and What Alice Found There

차 례

1. 거울의 집

～~   하나는 확실했다. 그 하얀 새끼 고양이는 그 일과
아무런 상관이 없었다는 점. 그것은 온전히 검은 새끼 고양이
의 잘못이었다. 하얀 새끼 고양이는 조금 전 15분 동안 어미 고
양이가 얼굴을 닦아주는 대로 가만히 있었기 때문이다(하얀 고
양이는 아주 잘 견디고 있었다). 그러므로 녀석은 그런 장난을 칠
여유가 없었다.

다이나가 제 새끼들의 얼굴을 닦아주는 방식은 늘 이런 식이
었다. 먼저 앞발 하나로 불쌍한 새끼 고양이의 귀를 잡아 누른
다. 그런 다음, 다른 앞발로 얼굴 전체를 코에서부터 시작해 핥
기 시작한다. 앞서 말했듯, 다이나는 하얀 새끼 고양이의 얼굴
을 열심히 핥아주고 있었다. 하얀 고양이는 가만히 누운 채 가
르랑거리고 있었다. 하얀 새끼 고양이가 퍽 온순하다는 걸 보
여준다고 할까.

검은 새끼 고양이는 그날 오후 일찌감치 세수를 끝낸 상태였
다. 앨리스가 커다란 안락의자에 웅크리고 앉아서 깜박깜박 졸
다가 혼잣말하는 것을 반복하는 동안 그 검은 고양이는 털실
뭉치를 가지고 신나게 놀면서 털실을 이리저리 굴리다가 완전
히 다 풀어놓았다. 털실은 이제 난로 앞 깔개 위에 온통 뒤엉킨
채로 풀어져 있었다. 검은 고양이는 그 한가운데서 자기 꼬리
를 쫓아 쉴 새 없이 빙글빙글 돌고 있었다.

"아, 이 깟궂은 말썽꾸러기야!"

앨리스가 소리치며 검은 새끼 고양이를 집어 올렸다. 그런 다

음, 그러면 안 된다는 것을 알려주려는 듯 고양이에게 짧게 입을 맞추었다.

"다이나가 너한테 제대로 예의를 가르쳤어야 하는데!"

앨리스는 어미 고양이를 나무라는 표정으로 바라보며 짐짓 냉담한 목소리로 덧붙여 말했다.

"다이나, 네가 잘못한 걸 너도 알고 있겠지?"

그러고 나서 앨리스는 새끼 고양이와 털실을 안아 들고 안락의자로 돌아와 털실을 새로 감기 시작했다. 하지만 때로는 새끼 고양이를 보며 말을 하고, 때로는 혼잣말로 중얼거리느라 그녀가 실을 감는 속도는 그리 빠르지 않았다. 검은 새끼 고양이는 앨리스의 무릎 위에 얌전히 앉아서 그녀가 털실 감는 것을 지켜보았다. 하지만 가끔 한쪽 앞발을 쭉 뻗어 도와주고 싶다는 듯 털실 뭉치를 살짝살짝 건드렸다.

"내일이 무슨 날인지 알고 있니, 키티?

네가 나와 함께 창가에 앉아 있었다면 알 수 있었을 텐데. 하지만 다이나가 너를 단장시키느라 못 봤을 테지. 나는 모닥불에 나뭇가지를 넣고 있는 남자아이들을 보았어. 모닥불을 피우려면 나뭇가지가 엄청 많이 필요하단다, 키티! 하지만 밖은 너무 추운 데다 눈이 아주 많이 내려서 그 남자아이들은 나뭇가지 넣는 걸 그만둬야 했어. 그건 신경 쓰지 마, 키티. 내일 같이 나가서 그 모닥불을 보자."

이때 앨리스는 어떤지 보려고 검은 새끼 고양이 목에 털실을 두세 번 감아보았다. 그러다가 털실 뭉치를 바닥에 떨어뜨리는 바람에 털실이 2~3미터 정도 풀려 버렸다. 앨리스는 털실을 줍고 나서 다시 자리에 편안하게 앉았다. 그리고 계속 이야기했다.

"키티, 네가 저지른 장난을 보자마자 나는 무지 화가 났어. 하마터면 창문을 열고 널 눈 속에 던질 뻔했다니까! 넌 마땅히 벌을 받아야만 해, 이 작은 말썽꾸러기야! 뭐라고 변명할 말이 있니? 지금부터 내 말 잘 들어!"

앨리스는 손가락 하나를 들어 올리더니 이어서 말했다.

"네가 저지른 잘못을 전부 말해줄게. 첫째, 다이나가 오늘 아침에 네 얼굴을 닦아주는 동안 너는 두 번이나 낑낑거리며 소리를 질렀어. 지금에 와서 그걸 부정할 수는 없을 거야, 키티. 내가 다 들었다고! 자, 이제 네 변명이나 한번 들어볼까?(앨리스는 새끼 고양이가 마치 말을 할 수 있는 것처럼 행동했다.) 뭐? 다이나

14

의 앞발이 네 눈을 찔렀다고? 설사 그렇더라도 그건 네 잘못이야. 네가 눈을 뜨고 있었기 때문이니까. 눈을 꼭 감고 있었다면 그런 일은 없었을 거야. 그러니 더 변명하지 말고 잘 들어! 둘째, 내가 스노드롭 앞에 우유 접시를 내려놓자마자 스노드롭을 밀쳤지. 뭐? 목이 말라서 그랬다고? 너만 목이 마른 게 아니야. 스노드롭도 틀림없이 목이 말랐을 거라고. 마지막 셋째, 내가 보지 않을 때 넌 털실을 전부 풀어놓았어!"

"그게 네가 저지른 세 가지 잘못이야, 키티. 그런데 넌 아직 그 잘못들에 대한 벌을 하나도 받지 않았어. 수요일까지 네게 줄 벌을 모두 모아둘 거야. 그건 그렇고, 사람들이 내가 받아야 할 벌도 모두 모아뒀을까?"

사실, 앨리스는 새끼 고양이가 아니라 자기 자신에게 말하고 있었다.

"연말에는 어떤 일이 생길까? 그날이 되면 아마 나는 감옥에 가야 할지도 몰라. 아니, 어쩌면 내가 저지른 잘못 하나마다 벌로 저녁을 못 먹게 될 수도 있어. 그 끔찍한 날이 오면, 나는 한꺼번에 50끼를 굶어야 해! 그래도 그건 그런대로 견딜 만할 거야! 그렇게 많이 먹어야 하는 것보다 차라리 굶는 게 나으니까!"

"키티, 창틀에 눈이 부딪히는 소리 들었니? 얼마나 멋지고 부드러운 소리인지 몰라! 마치 누군가가 밖에서 창문에 입을 맞추는 것 같아! 눈이 나무와 들판을 사랑해서 그렇게 부드럽게 입을 맞추는 걸까? 그런 다음, 눈은 마치 하얀 이불처럼 나무와 들판을 포근하게 덮어주지. 눈이 '잠잘 시간이야, 얘들아! 여름이 다시 오기 전까지'라고 말하는 것 같단다. 그러다가 여름이 되어 나무와 들판이 다시 깨어나면 모두 초록색 옷으로 갈아입고 바람이 불어올 때마다 춤을 추는 거야. 아, 정말 아름다울 거야!"

앨리스가 소리치면서 손뼉을 치느라 털실 뭉치를 다시 한번 떨어뜨렸다.

"정말 그런 일이 일어나면 얼마나 좋을까! 가을에는 나뭇잎들이 갈색으로 변해서 숲이 졸린 것처럼 보여."

"키티, 너 체스 둘 줄 아니? 웃지 마, 얘! 나 지금 진지하게 묻고 있단 말이야. 왜냐하면, 우리가 체스를 둘 때 넌 마치 체스를 완벽하게 이해하는 것처럼 지켜보곤 했잖아. 게다가 내가 '장군!' 하면 그때마다 넌 가르랑거렸다고! 그래, 그건 멋진 장군이었어 키티! 그 고약한 기사가 내 말들 사이로 꼼지락거리며 기어 다니지 않았다면 내가 틀림없이 이겼을 텐데. 키티, 우리가 지금 체스를 두고 있다고 상상해보자."

앨리스는 '상상해보자'라고 말하길 무척 좋아한다. 이 말로 시작한 뒤 그녀가 한 말들을 내가 절반이라도 전달할 수 있으면 좋겠다. 어제 앨리스는 친언니와 꽤 오랫동안 말다툼을 벌였다. 앨리스가 "언니, 우리가 지금 왕과 여왕이 되었다고 상상해보자"라고 말했기 때문이다. 무슨 일이든 정확한 것을 좋아하는 앨리스의 언니는 "두 명밖에 없기 때문에 그럴 수 없어"라고 말했다. 앨리스는 이렇게 대꾸했다.

"언니가 그들 중 한 명을 맡으면 되잖아. 그러면 나머지 사람들은 내가 다 맡을게."

한번은 앨리스가 갑자기 나이 많은 유모의 귀에 대고 소리쳐서 그녀를 깜짝 놀라게 만든 적도 있었다.

"유모! 내가 배고픈 하이에나인 척할 테니 유모는 뼈다귀가 되었다고 상상하는 거예요!"

이제 앨리스가 새끼 고양이에게 한 이야기로 다시 돌아가자.

"이제 너는 붉은 여왕이 되었다고 상상하는 거야, 키티! 똑바로 앉아서 팔짱을 끼면 정말로 붉은 여왕처럼 보일 거야. 이제 그렇게 해보자, 착한 키티!"

앨리스는 탁자 위에서 붉은 여왕 말을 집어 새끼 고양이가 흉내 낼 수 있도록 그 앞에 놓아주었다. 하지만 이 일은 성공적이지 않았다. 앨리스가 시킨 대로 새끼 고양이는 팔짱을 끼지 않았기 때문이다. 이에 화가 난 앨리스는 새끼 고양이를 거울 앞에 들어 올려 녀석이 얼마나 뚱한 얼굴을 하고 있는지 보여주었다.

"지금부터 똑바로 하지 않으면 널 거울의 집으로 보내버릴 거야. 내 말 알겠니?"

"키티, 지금부터 얌전하게 앉아서 조용히 있으면 거울의 집에 대해 내가 생각한 걸 전부 말해줄게. 먼저, 저 거울로 보면 방이 있지? 얼핏 보면 우리 거실과 똑같아 보이지만, 물건들이 반대로 있어. 의자에 올라서면 전부 볼 수 있단다. 하지만 벽난로 뒤에 있는 것은 보이지 않아. 아, 그 뒤까지 다 볼 수 있으면 얼마나 좋을까! 그곳에서도 겨울에 난롯불을 피우는지 정말 궁금하거든. 우리 벽난로에 불을 피우지 않는 한 알 수가 없어. 우리 난로에서 연기가 피어오르면 그 방에서도 연기가 피어오르지. 그렇기는 하지만 불을 피우는 것처럼 보이려고 그런 척하는 것일지도 모르잖아. 그래도 책들은 우리 책들과 비슷한 것 같아. 글자들이 반대 방향으로 적혀 있긴 하지만 말이야. 난 그걸 잘 알고 있어. 왜냐하면, 우리 집에 있는 책 중 한 권을 들어서 거울에 비춰보니 저 방에서도 똑같은 책을 들어서 보여줬거든."

"키티, 넌 거울의 집에서 살면 어떨 것 같니? 그곳에서도 너에게 우유를 줄까? 아마 거울의 집 우유는 별로 맛있을 것 같지 않아. 그런데 아, 키티! 지금 우리가 그리로 가는 통로에 와 있는 것 같아. 우리 거실문을 활짝 열어두면 거울의 집으로 가는 통로를 살짝 엿볼 수 있어. 우리 집 복도와 굉장히 비슷하거든. 하지만 그 너머는 완전히 다른 곳일 거야. 아, 키티! 우리가 거울의 집으로 들어갈 수 있다면 얼마나 근사할까! 그곳에는 정말 아름다운 것들이 지천으로 널려 있을 거야! 어쨌든 거울의 집으로 가는 길이 있다고 상상해보자, 키티. 저 거울이 투명 천처럼 부드럽다고 상상해보는 거야. 그러면 우리는 저 거울을 통과할 수 있어. 봐, 지금 거울이 안개 같은 것으로 변하고 있잖아! 이제 우린 거울을 통과하기가 훨씬 쉬워졌어."

앨리스는 이렇게 말하면서 어떻게 올라갔는지도 모르게 벽난로 위의 선반에 올라가 있었다. 그런데 신기하게도 그 거울이 차츰 녹아 없어지기 시작했다. 그 거울은 마치 은빛으로 빛나는 안개처럼 보였다.

다음 순간, 앨리스는 그 거울을 통과해 거울의 방으로 사뿐히 뛰어내렸다. 앨리스가 제일 먼저 한 일은 벽난로에 불이 지펴져 있는지 살펴보는 것이었다. 실제로 벽난로에는 앨리스가 떠나온 곳처럼 불이 밝게 활활 타고 있어서 앨리스는 무척 기뻐했다. 앨리스는 생각했다.

"여기에서도 옛날 방에 있을 때처럼 따뜻하게 지낼 수 있을 것 같아. 사실은 여기가 한결 따뜻할 거야. 게다가 여기서는 난로에서 떨어지라고 야단치는 사람도 없을 테고. 아, 정말 재밌겠어! 사람들이 거울로 내가 여기에 있는 걸 보면 말이야. 이젠 날 잡지 못하겠지?"

그런 다음, 앨리스는 이리저리 살펴보기 시작했다. 이전 방에서 봐왔던 것들은 매우 평범해 보였고, 별다른 흥미를 느끼지 못했다. 그러나 보이지 않았던 그 외의 다른 것들은 모두 색달라 보였다. 예를 들어, 난로 옆 벽에 걸린 그림들은 전부 살아 있는 것처럼 보였다. 벽난로 선반 위에 놓인 시계에는(이전 방에서 거울로 볼 때는 뒷모습만 보였다) 작은 노인의 얼굴이 있었는데,

그는 앨리스를 보고 활짝 웃었다.

앨리스는 난로 안 재 속에서 뒹굴고 있는 체스 말 몇 개를 발견하고 생각했다. '이전의 다른 방들처럼 깔끔하게 정리해놓지 않나 봐.' 바로 다음 순간, 앨리스는 바닥에 무릎을 꿇고 엎드린 채 깜짝 놀라 짧게 소리쳤다.

"어머!"

체스 말들이 둘씩 짝지어서 걸어가고 있었기 때문이다! 앨리스가 말했다(그들을 놀라게 하지나 않을까 염려되어 앨리스는 목소리를 낮췄다).

"붉은 왕과 붉은 여왕이잖아. 하얀 왕과 하얀 여왕은 삽 가장자리에 앉아 있고, 장군 두 명이 서로 팔짱을 끼고 걸어가잖아. 저 사람들은 내 말이 들리지 않나 봐."

앨리스는 머리를 아래로 좀 더 숙인 채 이야기를 이어갔다.

"저들은 내가 보이지도 않나 봐. 마치 내가 투명인간이 된 것 같은 기분이야."

이때 앨리스 뒤에 놓인 탁자에서 뭔가가 끙끙거리는 소리가 들렸다. 앨리스가 고개를 돌리자 하얀 졸 하나가 뒹굴며 발길질하는 모습이 보였다. 호기심에 가득 찬 앨리스는 다음에 무슨 일이 일어날지 기대하며 지켜보았다.

하얀 여왕이 소리쳤다.

"저건 우리 애 목소리잖아!"

하얀 여왕이 하얀 왕 옆을 급히 지나쳐서 갔고, 그 바람에 하

안 왕이 난로의 재 속으로 떨어져버렸다. 여왕은 난롯불 불똥
막이를 급히 기어 올라가기 시작했다.

"내 소중한 릴리! 내 황실 새끼 고양이!"

왕은 넘어지면서 다친 코를 문지르며 말했다.

"내 황실 바이올린 활!"

왕은 여왕 때문에 머리부터 발끝까지 온통 재를 뒤집어썼다.
그런 터라 그가 여왕에게 짜증 내는 것은 어쩌면 당연한 일이
었다.

앨리스는 그들을 돕고 싶은 마음이 간절했다. 그래서 가엾은
어린 릴리가 거의 비명에 가까운 소리를 지르며 울고 있었으므
로 서둘러 여왕을 집어 올려 탁자 위에서 시끄럽게 구는 어린
딸 옆에 내려주었다. 하얀 여왕은 숨을 멈추고 그 자리에 주저
앉았다. 공중에서 빠른 속도로 이동하자 그녀는 너무 놀라고
당황한 나머지 잠시 아무 말도 하지 못하고 어린 릴리를 안고
만 있어야 했다. 숨을 조금 돌리자마자 하얀 여왕은 난로 재 속
에 부루퉁하게 앉아 있는 하얀 왕에게 소리쳤다.

"화산을 조심해요!"

왕이 물었다.

"무슨 화산 말이오?"

왕은 불안한 표정으로 난롯불을 올려다보았다. 아마도 그는
화산을 찾기에 가장 적당한 장소라고 생각한 모양이었다.

아직도 조금 숨이 차서 헐떡거리던 여왕이 말했다.

"나를…… 날려…… 버린 것…… 말이에요…… 정상적인 방법으로…… 이리 올라오세요…… 날아오지 말고요!"

앨리스는 하얀 왕이 천천히 쇠창살을 기어 올라가는 것을 지켜보며 말했다.

"그렇게 해서 탁자까지 가려면 시간이 엄청나게 오래 걸릴 거예요. 그러니 제가 도와주는 게 훨씬 낫겠어요, 안 그래요?"

하지만 왕은 그 질문에 아무런 대답도 하지 않았다. 그는 앨리스를 보지도, 그녀의 목소리를 듣지도 못하는 게 분명했다. 그래서 앨리스는 왕을 아주 조심스럽게 집어서 그가 놀라지 않도록 여왕을 들어 올릴 때보다 더 천천히 들어 올렸다. 그런데 재를 너무 많이 뒤집어쓴 왕을 보니 앨리스는 탁자에 올려두기 전 그의 몸에서 재를 조금 털어내는 게 좋겠다고 생각했다. 앨리스가 나중에 말하기를, 왕을 공중으로 들어 올려 먼지를 털었을 때 그는 생전 처음 보는 표정을 지었다고 했다. 하얀 왕은 너무 놀란 나머지 소리를 지르지도 못했다. 다만 두 눈이 휘둥그레졌고 입이 함지박만 하게 커졌을 뿐이었다. 앨리스는 그 표정을 보고 너무 웃은 탓에 손이 떨려 하마터면 그를 바닥으로 떨어뜨릴 뻔했다.

앨리스는 왕이 들을 수 없다는 사실을 잠시 잊고 큰 소리로 말했다.

"아! 제발 그런 표정 짓지 말아요! 너무 웃겨서 당신을 잡고 있기가 힘들 정도라고요! 입을 그렇게 크게 벌리고 있지 말라고요! 자칫하면 재가 전부 입속으로 들어가겠어요. 자, 이 정도면 충분히 깔끔해진 것 같군요!"

앨리스는 왕의 머리카락을 매만진 뒤 탁자 위에 있는 여왕 옆에 올려두었다. 왕은 곧바로 바닥에 드러누워 꼼짝도 하지 않은 채 가만히 있었다. 자신이 한 일이 걱정된 앨리스는 그 방 안을 돌아다니며 왕에게 뿌릴 물을 찾아보았다. 하지만 잉크병 외에는 아무것도 찾을 수가 없었다. 앨리스가 잉크병을 들고 돌아왔을 때 왕은 어느 정도 회복되어 있었다. 하얀 왕과 하얀 여왕은 겁에 질린 채 나직한 목소리로 이야기를 나누고 있었다. 두 사람이 너무 소곤거리는 바람에 앨리스는 그들의 말을 제대로 알아듣기가 힘들었다. 왕은 이렇게 말했다.

"여보, 장담하는데, 내 수염 끝까지 얼어붙었다오!"

그 말에 여왕이 이렇게 대답했다.

"당신은 수염이 없잖아요."

하지만 왕은 계속 이야기했다.

"그 순간 내가 느낀 공포는 두고두고 잊지 못할 거요!"

여왕이 말했다.

"그래도 당신은 잊을 거예요. 기록해두지 않으면 말이에요."

앨리스는 지대한 관심을 드러내며 그들을 조용히 지켜보았다. 왕이 자기 주머니에서 커다란 공책을 꺼내서 뭔가를 기록하기 시작했다. 불현듯 어떤 생각이 떠오른 앨리스는 그의 어깨 너머로 올라온 연필 끝을 붙잡고 그 공책에 글을 쓰기 시작했

다. 가엾은 왕은 당황해서 슬픈 표정을 지었다. 그리고 잠시 아무 말 없이 그 연필과 씨름했다. 하지만 그에 비해 앨리스의 힘이 너무 셌기 때문에 마침내 왕은 숨을 헐떡거리며 이렇게 말했다.

"여보! 좀 더 가는 연필이 있어야겠소. 이 연필은 도저히 다룰 수가 없군. 내가 기록할 마음도 없는 내용을 적고 있으니 말이오."

"어떤 내용 말예요?"

여왕이 공책을 보며 물었다(앨리스는 공책에 이렇게 적었다. '하얀 기사가 부지깽이 아래로 미끄러지고 있다. 그는 제대로 균형을 잡지 못하고 있다.').

"이건 당신 기분을 적은 게 아니잖아요!"

앨리스 옆에는 책이 한 권 놓여 있었다. 그녀는 앉아서 하얀 왕을 지켜보는 동안 (앨리스는 여전히 왕이 약간 걱정되어 그가 다시 기절하면 잉크라도 뿌릴 준비를 하고 있었다) 틈틈이 책장을 넘기며 자신이 읽을 수 있는 부분을 찾아보았다. 앨리스는 혼잣말로 중얼거렸다.

'전부 모르는 말만 나와 있어.'

그 책에는 이런 글귀가 적혀 있었다.

재버워키

구 올녘, 유끈한 토브들이
사방팔방길을 빙돌고 구뚫고 있었네.
보로고브들은 모두 구불쌍했네.
집부터 레스들은 우휘부네.

앨리스는 한동안 이 글을 보며 어리둥절해 했지만 결국 좋은
생각을 떠올렸다. '그래, 이건 거울의 집 책이잖아! 그러니 이 책
을 들고 거울에 비추어보면 글자들이 바로 보일 거야.' 앨리스
가 읽은 것은 이런 시였다.

재버워키

구 올녘, 유끈한 토브들이
사방팔방길을 빙돌고 구뚫고 있었네.
보로고브들은 모두 구불쌍했네.
집부터 레스들은 우휘부네.

"재버워크를 조심해라, 내 아들아!
물어뜯는 턱과 할퀴는 발톱을!
주브주브 새를 조심해라. 그리고 화가 나서 김을 내뿜는

벤더스내치를 피해라!"

그는 아주 날카로운 보팔 칼을 손에 들었네.
오랫동안 그는 맨숨 적과 싸웠네.
그래서 툼툼 나무 옆에서 쉬면서
잠시 생각에 잠겨 서 있었지.

그가 거만한 생각에 빠져 서 있을 때,
재버워크가 불타는 눈빛으로
털지 나무 사이로 살랑거리며 다가왔네.
오면서 지껄였지!

하나, 둘! 하나, 둘!
날카로운 칼이 날쌔게 찔렀네!
그는 죽은 재버워크를 남겨 두고 그것의 머리를 가지고
의기질주 돌아갔네.

"네가 재버워크를 죽였냐?
내 품으로 오너라, 내 빛나는 아들아!
오, 정말로 즐거운 날이구나! 칼루! 칼레이!"
그는 기쁨에 키득키득 웃었네.

구을녘, 유끈한 토브들이
사방팔방길을 빙돌고 구뚫고 있었네.
보로고브들은 모두 구불쌍했네.
집부터 레스들은 우휘부네.

"정말 아름다운 시 같아."

앨리스는 그 시를 다 읽고 나서 말했다.

"이해하기는 좀 어렵지만!"

(앨리스는 혼자 있었지만 자신이 그 시를 전혀 이해하지 못했다고 고백
하기는 싫었다.)

"어쨌든 내 머릿속 가득 여러 가지 생각들이 떠오르는데, 그
게 무엇인지는 정확히 모르겠어! 그렇지만 누군가가 뭔가를 죽
였어. 적어도 그것만은 확실해······."

앨리스가 갑자기 벌떡 일어섰다.

"아! 서두르지 않으면 거울 집의 다른 곳들은 둘러보지도 못
하고 다시 돌아가야 할 거야. 먼저 정원부터 둘러보자!"

앨리스는 곧바로 그 방을 빠져나와 계단을 뛰어 내려갔다.
정확히 말하자면, 뛰었다기보다는 그녀가 평소 자주 중얼거리
듯 빠르고 쉽게 새로운 방식으로 계단을 내려갔다. 손가락 끝
은 난간에 대고 발은 계단에 닿지도 않은 채 공중에 떠서 부드
럽게 아래로 내려가는 방식이었다. 그다음에는 복도를 지났는
데, 이때 앨리스가 문기둥을 붙잡지 않았더라면 똑같은 방식으

로 곧장 문으로 나갔을 것이다. 공중에 너무 오랫동안 떠 있었더니 앨리스는 약간 어지러웠다. 그래서 이전처럼 다시 자연스럽게 걷게 되자 앨리스는 기뻤다.

2. 말하는 꽃들의 정원

'저 언덕 꼭대기에 올라가면 정원이 훨씬 더 잘 보이겠어. 여기에 저 언덕으로 곧장 이어진 길이 있어. 그게 아닌가……?'(앨리스는 그 길을 따라 몇 미터를 가다가 급격하게 꺾어지는 모퉁이를 여러 번 돌았다.)

'언젠가는 도착하겠지. 그런데 길이 너무 꼬불꼬불하고 이상해! 이건 길이 아니라 마치 코르크마개뽑이 같잖아! 그래, 이 길로 가면 언덕으로 갈 수 있을 거야. 아니, 아니잖아! 이 길은 다시 그 집으로 곧장 가게 되어 있어! 그렇다면 다른 길로 가봐야겠어.'

그래서 앨리스는 다른 길로 갔다. 이쪽저쪽으로 걸어가고 모퉁이를 돌고 또 돌았지만 어느 길로 가든 앨리스는 언제나 그 집으로 다시 돌아가 있었다. 한번은 앨리스가 평소보다 더 빨리 모퉁이를 돌았다가 혼자 멈출 수 없어서 그 집에 부딪히기도 했다. 앨리스는 그 집을 올려다보면서 또 다른 자신과 토론하듯 이야기했다.

'떠드는 것은 아무 소용없어. 나는 다시 들어가지 않을 거야. 다시 거울을 통과해서 옛날 방으로 돌아가야 한다는 걸 나도 잘 알고 있어. 그렇게 되면 내 모험도 모두 끝나는 거야!'

그래서 앨리스는 결연히 그 집을 등지고 다시 한번 더 그 길을 내려갔다. 그녀는 그 언덕에 도착할 때까지 계속 앞으로만 걸어갈 것이라고 굳게 다짐했다.

몇 분 동안 모든 것이 순조로워지자 앨리스는 이렇게 말했다.

"이번에는 꼭 해내고 말겠어……."

그런데 그때 길이 갑자기 휘어지고 흔들리더니(나중에 앨리스가 묘사한 대로라면 그랬다) 다음 순간, 앨리스는 또다시 그 집 문 앞에서 걷고 있는 것이 아닌가!

앨리스가 외쳤다.

"아, 정말 너무하잖아! 이렇게 방해되는 집은 본 적이 없어, 절대로!"

그때 바로 눈앞에 그 언덕이 보였다. 그래서 별다르게 할 수 있는 일이 없었던 앨리스는 다시 출발했다. 이번에 앨리스가 도착한 곳은 넓은 꽃밭이었다. 가장자리에 데이지 꽃이 피어 있고, 그 한가운데에 버드나무가 한 그루 서 있었다. 바람에 우아하게 흔들리는 꽃 한 송이를 가리키며 앨리스가 말했다.

"오, 참나리! 네가 말을 할 수 있으면 참 좋을 텐데!"

그러자 참나리가 말했다.

"말할 수 있어. 다만 상대가 대화할 가치가 있는 사람일 경우에만 말이지."

깜짝 놀란 앨리스는 잠시 아무 말도 할 수 없었다. 너무 놀라 마치 숨이 멎은 것처럼 보일 정도였다. 참나리가 다시 잎을 흔들자, 앨리스가 조심스러운 목소리로 말했다. 그것은 거의 속삭임에 가까웠다.

"그러면 모든 꽃이 말을 할 수 있니?"

참나리가 말했다.

"물론이지. 마치 네가 말을 할 수 있듯 우리 꽃들도 할 수 있지. 아니, 심지어 너보다 훨씬 더 큰 목소리로 할 수 있어."

그러자 장미가 말했다.

"우리가 먼저 말을 거는 건 예의가 아니란다. 그래서 네가 언제 말을 걸지 무척 궁금해하고 있었어! 그러다가 나 혼자 이렇게 말했지. '저 아이의 얼굴은 똑똑해 보이진 않지만 뭔가 감각이 있어 보여.' 네 색깔은 꽤 괜찮은 것 같아. 오래 가겠는걸."

참나리가 말했다.

"나는 색깔에는 크게 관심 없어. 저 아이의 꽃잎이 조금만 더 곱슬곱슬하다면 참 좋을 텐데."

앨리스는 그런 식으로 꽃들에게 평가받는 게 마음에 들지 않아 질문해대기 시작했다.

"돌봐주는 사람 없이 여기에 심겨 있어서 가끔 무섭지는 않니?"

장미가 말했다.

"가운데 저 나무가 있잖아. 그것보다 좋은 게 뭐가 더 있겠니?"

앨리스가 물었다.

"하지만 어떤 위험이 닥쳤을 때 저 나무가 뭘 할 수 있니?"

장미가 대답했다.

"저 나무는 짖을 수 있어."

데이지 꽃 한 송이가 소리쳤다.

"저 나무는 '바우 와우' 하고 짖어! 그래서 나뭇가지를 바우(영어로 나뭇가지를 bough라고 한다. -옮긴이)라고 부르는 거야."

다른 데이지 꽃이 큰 소리로 말했다.

"너는 그것도 몰랐니?"

이때 그곳에 있는 데이지 꽃들이 다 함께 소리 지르기 시작하는 바람에 대기 중에 날카로운 목소리들로 가득 찬 것 같았다. 참나리가 몸을 좌우로 열심히 흔들며 흥분에 떨리는 목소리로 소리쳤다.

"너희들, 모두 조용히 해!"

참나리는 숨을 헐떡이며 앨리스 쪽으로 떨리는 머리를 숙였다.

"저 애들은 내가 자기들에게 닿지 못한다는 걸 알고 저러는 거야. 그렇지 않으면 감히 저럴 수 없지."

"신경 쓰지 마."

앨리스가 달래는 말투로 말했다.

그리고 다시 소리 지르려는 데이지 꽃들 쪽으로 몸을 숙이고 속삭였다.

"입 다물지 않으면 내가 너희들을 모두 뽑아버릴 거야!"

순식간에 침묵이 찾아왔다. 분홍색 데이지 꽃 몇 송이는 하얗게 질렸다. 참나리가 말했다.

"잘했어! 데이지 꽃들이 저 중에서 제일 나빠.

꽃 하나가 말하면 모두 다 함께 떠들기 시작하거든. 그래서 저 애들이 계속 떠드는 걸 듣고 있으면 시들어서 죽어버리고 말 거야!"

앨리스는 칭찬해주면 참나리의 화가 조금 더 누그러질까 싶었다.

"너는 어쩌면 그렇게 말을 잘하니? 나는 이전에 수많은 정원에 가보았지만 대화를 나눌 수 있는 꽃은 한 송이도 없었어."

참나리가 말했다.

"네 손을 땅에 대고 한번 느껴봐. 그러면 너도 이유를 알게 될 거야."

앨리스는 참나리가 시키는 대로 했다.

"아주 딱딱해. 그런데 이게 말하는 것과 무슨 상관이 있는지는 모르겠어."

참나리가 말했다.

"대부분의 정원에서는 침대가 너무 부드러워. 그래서 꽃들이 늘 잠들어 있단다."

이 말이 꽤 일리 있는 것 같아서 앨리스는 그 이유를 알게 된 사실에 기분이 좋아졌다.

"나는 지금까지 그런 생각을 해본 적이 없어!"

장미가 딱딱한 목소리로 말했다.

"너는 원래 생각이라는 걸 전혀 하지 않는 것 같은데."

제비꽃 한 송이가 말했다.

"나는 저 애처럼 멍청해 보이는 아이는 처음 봐."

제비꽃이 너무 갑작스레 말을 하는 바람에 앨리스가 깜짝 놀랐다. 제비꽃은 여태 말을 한 번도 하지 않았기 때문이다. 참나리가 소리쳤다.

"입 좀 다물어! 너희는 다른 사람을 본 적도 없잖아! 게다가 계속 나뭇잎 아래에 머리를 묻은 채 코를 골고 있었잖아. 싹을 틔우는 것 말고는 세상에서 어떤 일이 벌어지고 있는지도 모르는 주제에!"

앨리스는 장미의 말은 신경 쓰지 않기로 하고 계속 질문했다.

"이 정원에 나 말고 다른 사람이 더 있니?"

장미가 말했다.

"이 정원에는 너처럼 움직일 수 있는 꽃이 한 송이 더 있어. 너는 어떻게 움직일 수 있는 거니?"

참나리가 말했다.

"너는 언제나 궁금해하는구나. 하지만 그 꽃은 너보다 잎이 더 많아."

어떤 생각이 머릿속을 스쳐가는 바람에 앨리스는 진지하게 물었다.

"그 꽃이 나와 닮았니? 이 정원 어딘가에 다른 여자아이가 또 있다니!"

장미가 대답했다.

"그 꽃도 너처럼 이상하게 생기기는 했어. 하지만 훨씬 더 빨갛고, 내 생각에 꽃잎이 더 짧은 것 같아."

참나리가 말했다.

"그 애 꽃잎은 달리아처럼 짧아. 네 꽃잎처럼 출렁이며 내려오지 않았어."

장미가 다정한 목소리로 덧붙여 말했다.

"하지만 그건 네 잘못이 아니야. 너는 또 시들해지기 시작했잖아. 그러면 꽃잎이 약간 어수선해지는 건 어쩔 수 없어."

앨리스는 이런 이야기가 듣기 싫었다. 그래서 이야기 주제를 바꾸려고 또다시 질문했다.

"그 애가 여기에 온 적 있니?"

장미가 대답했다.

"아마 너도 곧 그 애를 보게 될 거야. 그 애는 아홉 개의 침을 가지고 다녀."

앨리스가 호기심에 물었다.

"침을 어디에 달고 있어?"

장미가 대답했다.

"물론 그 애 머리 전체지. 네가 그러지 않아서 나는 신기해하고 있었어. 나는 그게 일반적인 규칙이라고 생각했거든."

미나리아재비가 외쳤다.

"그 애가 오고 있어! 자갈길을 따라 쿵쿵거리며 걸어오는 그 애의 발소리가 들려!"

앨리스는 진지한 표정으로 돌아보았다. 붉은 여왕이었다.

"엄청나게 커졌잖아!"

앨리스가 붉은 여왕을 보고 제일 처음 내뱉은 말이었다. 실제로 여왕은 몸이 커져 있었다. 앨리스가 재 속에서 여왕을 처음 발견했을 때는 키가 고작 7센티미터 정도밖에 되지 않았다. 그런데 지금은 앨리스보다 머리 크기 반 정도 만큼 더 커져 있었다! 장미가 말했다.

"저렇게 된 건 맑은 공기 때문이야. 여기는 공기가 아주 신선하거든."

앨리스가 말했다.

"나는 이만 가서 그녀를 만나봐야겠어."

앨리스는 꽃들과 이야기하는 것도 무척 흥미롭지만, 진짜 여왕과 이야기 나누는 것이 훨씬 재미있으리라 생각했다. 장미가 말했다.

"아마 너는 그렇게 못할 거야. 다른 길로 걸어가게 되겠지."

앨리스는 그 말을 말도 안 되는 소리로 여겨서 아무 대꾸도 하지 않고 곧바로 붉은 여왕이 있는 곳으로 출발했다.

그런데 놀랍게도 다음 순간 여왕의 모습이 더는 보이지 않았다. 그리고 앨리스는 또다시 그 집 현관문 앞에서 걷고 있었다. 약간 짜증 난 앨리스는 뒷걸음질 쳤고, 여왕이 어디에 있는지 찾으려고 사방을 둘러보았다(앨리스는 마침내 멀리 떨어진 곳에 여왕이 있다는 사실을 알아냈다). 그래서 이번에는 반대 방향으로 걸어가겠다는 계획을 세웠다.

그 계획은 멋지게 성공했다. 얼마 걷지도 않았는데, 앨리스는 붉은 여왕과 마주 보고 있었다. 게다가 앨리스가 오랫동안 가

고자 했던 언덕도 눈앞에 보였다. 붉은 여왕이 물었다.

"넌 어디에서 왔니? 그리고 지금 어디로 가고 있지?

나를 처다보고 공손하게 말해보아라. 손가락 좀 배배 꼬지

말고."

앨리스는 여왕이 내린 모든 지시에 따라 길을 잃었다고 최대

한 잘 설명했다. 여왕이 말했다.

"너의 길이라는 게 무슨 뜻인지 모르겠구나. 이 근처 길은 모

두 내 것이란다. 그런데 너는 이곳에 왜 왔니?"

여왕의 목소리는 좀 더 친절해졌다.

"무슨 말을 해야 할지 생각하는 동안 내게 절을 하렴. 그렇게

하면 시간을 아낄 수 있단다."

앨리스는 이 말이 약간 미심쩍게 들렸지만, 여왕을 너무나 경

외한 나머지 그 말을 굳게 믿었다. 앨리스는 생각했다.

"나중에 집에 가서 식사 시간에 조금 늦었을 경우에 써봐야

겠어."

여왕이 자신의 시계를 보고 나서 말했다.

"이제 네가 대답할 시간이야. 말을 할 때 입을 조금 더 크게

벌리고, 언제나 '폐하'를 붙여서 말해라."

"저는 정원이 어떻게 생겼는지 보고 싶었을 뿐입니다, 폐하."

여왕이 말하면서 앨리스의 머리를 쓰다듬었다. 앨리스는 여

왕의 그런 행동이 마음에 들지 않았다.

"잘했다. 그런데 너는 '정원'이라고 말하지만, 내가 본 여러 정

원들과 이 정원을 비교해봤을 때 이건 황무지나 다름없단다."

앨리스는 그 점에 대해 따지지 못했다. 그러면서 그녀는 이렇게 말했다.

"저는 저 언덕 꼭대기로 가는 길을 찾을 수 있을 거로 생각했는데……."

여왕이 앨리스의 말을 가로막았다.

"네가 '언덕'을 말했는데, 내가 너에게 언덕들을 보여주겠다. 그것들을 보면 너는 저걸 골짜기라고 부르게 될 거야."

놀랍게도, 앨리스는 결국 여왕의 말을 반박하고 말았다.

"아니요. 그러지 않을 거예요. 언덕은 골짜기가 될 수 없어요, 아시잖아요. 그건 말도 안 되는 소리라고요……."

붉은 여왕은 고개를 저었다.

"네가 원한다면 너는 그걸 '말도 안 되는 소리'라고 부를 수 있단다. 하지만 내가 말도 안 되는 소리를 많이 들어봤는데, 그것들과 비교하면 이건 사전만큼이나 정확한 말이란다!"

앨리스는 여왕의 목소리에 짜증이 묻어나는 것을 느끼고 다시 절을 했다. 그리고 그들은 서로 아무 말 없이 걸어가다가 작은 언덕 위에 이르렀다.

앨리스는 잠시 아무 말 없이 가만히 서서 사방을 둘러보았다. 그곳은 굉장히 신기하게 생긴 곳이었다. 수많은 작은 시냇물들이 좌우 똑바로 흐르고 있었고, 시냇물 사이의 땅들은 시냇물과 시냇물 사이에 있는 초록색 울타리 때문에 정확하게 사각형으로 나뉘어 있었다. 마침내 앨리스가 입을 열었다.

"마치 꼭 커다란 체스 판을 그려놓은 것 같군요! 어디에선가 사람들이 말처럼 움직이고 있을 것만 같아요, 정말요!"

흥분해서 심장이 빨리 뛰기 시작한 앨리스의 목소리에는 기쁨이 배어 있었다.

"만약 이곳이 세상이라고 한다면 이 세상은 진행 중인 거대한 체스 게임일 거예요. 아, 정말 재밌어요! 저도 그 말이 되고 싶어요! 만약 제가 말이 될 수 있다면 졸이 되는 것도 괜찮아요. 물론 제가 제일 되고 싶은 건 여왕이지만요."

앨리스는 이 말을 하고 나서 부끄러워져 진짜 여왕을 살짝 쳐다보았다. 여왕은 그저 상냥하게 미소를 지을 뿐이었다.

"그건 쉽게 해결할 수 있단다. 네가 원한다면 하얀 여왕의 졸이 될 수 있어. 릴리는 너무 어려서 경기를 할 수 없거든. 넌 두 번째 칸에서부터 시작하는 거야. 여덟 번째 칸에 도착하면 너도 여왕이 될 수 있단다."

바로 그 순간, 이유는 알 수 없지만 그들은 어디론가 달리기 시작했다. 나중에 생각해보아도 앨리스는 그들이 어떻게 달리기 시작했는지 도저히 그 이유를 알 수 없었다. 앨리스가 기억하는 것이라고는 그들이 손을 잡고 달리고 있었고, 여왕이 너무나 빨리 달려서 따라갈 수밖에 없었다는 점이다. 그런데도 여왕은 계속 소리쳤다.

"더 빨리! 더 빨리 뛰어!"

앨리스는 도저히 더 빨리 뛸 수는 없다고 생각했다. 그러나 너무 숨이 찬 나머지 그런 말을 꺼낼 수조차 없었다. 이때 정말 신기했던 것은 그들 주위에 있던 나무와 다른 사물들이 아무런 변화 없이 그 장소에 그대로 있었다는 점이었다. 그들은 엄청 빠르게 달렸지만, 그 어떤 것도 지나치지 않은 느낌이었다. 가엾은 앨리스가 어리둥절해서 혼자 이렇게 생각했다. '여기 있는 것들이 모두 지금 우리와 함께 움직이고 있는 걸까?'

여왕이 앨리스의 생각을 짐작한 듯 소리쳤다.

"더 빨리 뛰어! 말하지 말고!"

앨리스는 자신이 왜 그렇게 달리고 있는지 도무지 알 수가 없었다. 다시는 말을 할 수 없을 것처럼 점점 더 숨이 가빠왔다. 그런데도 여왕은 여전히 소리를 지르면서 앨리스를 잡아끌었다.

"더 빨리! 더 빨리!"

앨리스가 숨을 헐떡이며 가까스로 말을 꺼냈다.

"거의 다 온 거예요?"

여왕이 대답했다.

"거의 다 왔어! 10분 전에 그곳을 지나쳤어! 더 빨리 뛰어!"

그리고 그들은 한동안 또다시 말없이 뛰었다.

거친 바람 소리가 앨리스의 귓가에 들려왔다. 그 바람 때문에 앨리스는 머리카락이 전부 뽑힐 것만 같았다.

여왕이 소리쳤다.

"이제 다 왔어! 다 왔어! 더 빨리! 더 빨리!"

여왕과 앨리스는 얼마나 빨리 달렸던지 발이 땅에 닿지 않은 채 공중에 떠 있는 것처럼 보일 정도였다. 그러다 앨리스가 완전히 지쳤을 무렵, 그들은 갑자기 멈추었다. 어느새 앨리스는 땅바닥에 주저앉아 숨을 몰아쉬며 어지러움을 느끼고 있었다. 여왕이 앨리스를 부축해서 나무에 기대어 주었다. 그리고 친절한 목소리로 말했다.

"이제 좀 쉬어라."

앨리스가 깜짝 놀라 주위를 둘러보며 말했다.

"우리가 여태 이 나무 아래에 있었던 거예요! 모든 게 그대로잖아요!"

여왕이 말했다.

"물론이지. 뭘 기대했던 거니?"

앨리스는 여전히 숨을 조금 헐떡이며 말했다.

"우리 나라에서는요. 대체로 어딘가 다른 곳에 도착해 있어요. 우리가 뛰었던 것처럼 꽤 오랜 시간 그렇게 빠른 속도로 달렸다면요."

여왕이 말했다.

"너는 아주 느린 나라에서 왔구나! 너도 이제 알겠지만, 여기에서는 같은 자리에 있기 위해 최선을 다해 달려야 해. 그러니 네가 어딘가 다른 곳에 가고 싶다면, 적어도 지금보다 두 배는 더 빨리 달려야 한단다!"

앨리스가 말했다.

"전 그러지 않는 게 좋겠어요. 부탁이에요! 여기에 머무는 것만으로도 전 만족해요. 다만 지금 너무 덥고 목이 말라요!"

여왕이 자기 주머니에서 작은 상자 하나를 꺼내며 다정하게 말했다.

"그럴 줄 알았지! 비스킷 좀 먹을래?"

앨리스는 비스킷을 먹고 싶은 마음이 전혀 없었지만 "싫어요"라고 대답하는 것은 예의가 아니라고 생각했다. 그래서 그 비스킷을 받아 최대한 크게 한 입 베어 먹었다.

그 비스킷은 지나치게 바삭바삭했다. 앨리스는 여태까지 살아오면서 질식할 정도로 그렇게 목이 멘 적은 없었다. 여왕이 말했다.

"네가 기운을 회복하는 동안 난 크기를 좀 재야겠구나."

그러고 나서 여왕은 주머니에서 줄자를 꺼내 땅의 크기를 재고 여기저기에 작은 말뚝을 박기 시작했다.

"2미터 끝에."

여왕이 그 거리를 표시하기 위해 말뚝을 박으면서 말했다.

"너에게 방향을 가르쳐줄게.

비스킷 하나 더 먹겠니?"

앨리스가 대답했다.

"아니요. 괜찮습니다. 하나로도 충분해요!"

여왕이 말했다.

"갈증이 좀 풀렸지?"

앨리스는 이 질문에 뭐라고 대답해야 할지 몰랐다. 다행스럽게도, 여왕은 대답을 기다리지 않고 이어서 말했다.

"삼 미터를 더 간 다음, 다시 말해줄게. 자칫 잊어버릴 수 있으니까. 사 미터를 더 간 다음에는 작별 인사를 해야겠구나. 그리고 오 미터를 더 간 다음 나는 떠날 거란다!"

여왕은 그때 작은 말뚝들을 전부 박아 놓았다. 다시 그 나무로 돌아간 여왕은 말뚝을 박은 줄을 따라 천천히 걷기 시작했다. 앨리스는 그 모습을 관심 있게 지켜보았다. 여왕은 '이 미터'를 표시한 말뚝에 도착해서 고개를 돌렸다.

"졸은 이동할 때 두 칸을 가는 거야. 그래서 너는 세 번째 칸을 굉장히 빠르게 통과할 거야. 아무래도 기차를 타는 게 좋겠어. 그러면 곧 네 번째 칸에 도착하게 될 테니. 그 칸에는 트위들덤과 트위들디가 있지. 다섯 번째 칸은 주로 물이야. 여섯 번째 칸에는 험프티 덤프티가 있고. 그런데 왜 아무 말이 없니?"

앨리스는 말을 더듬거렸다.

"저는, 제가…… 말을 해야 하는지 몰랐어요."

여왕이 심각하게 꾸짖는 목소리로 말했다.

"'저한테 이걸 알려주시다니 정말 친절하시군요'라고 말했어야지. 하지만 좋아, 그렇게 말했다고 치자. 일곱 번째 칸은 모두 숲이야. 기사 한 명이 너한테 길을 알려줄 거야. 그리고 여덟 번째 칸에서 우리는 함께 여왕이 될 거야. 그때는 만찬을 벌여서 재미가 있을 거야!"

앨리스는 일어나서 절을 하고 다시 앉았다. 여왕이 다음 말뚝에 가서 다시 고개를 돌리고 말했다.

"어떤 게 영어로 생각나지 않으면 프랑스어로 말해. 걸을 때는 발끝을 벌려서 걷고. 그리고 네가 누군지 꼭 기억해!"

이번에 여왕은 앨리스가 절하는 것을 기다리지도 않고 다음 말뚝으로 재빨리 걸어갔다. 그곳에서 여왕은 잠시 고개를 돌리고 말했다.

"잘 가거라!"

그리고 서둘러서 마지막 말뚝으로 갔다. 마지막 말뚝에 도착하자마자 여왕은 사라져버렸다. 이것이 어떻게 일어난 일인지 앨리스는 짐작조차 할 수 없었다. 공중으로 사라진 것인지, 재빨리 숲으로 달려간 것인지('여왕은 아주 빨리 뛸 수 있잖아!'라고 앨리스는 생각했다) 전혀 알 수 없었지만, 결국 여왕은 사라졌다. 앨리스는 자신이 졸이라는 사실과 곧 움직일 때가 다가올 것이라는 사실을 잊지 않으려고 노력했다.

3. 거울 나라의 곤충

물론 앨리스가 맨 처음 한 일은 앞으로 여행하게 될 이 나라를 대대적으로 조사하는 일이었다. 앨리스는 조금이라도 더 멀리 보고 싶은 마음에 발끝으로 서서 사방을 둘러보았다.

'지리를 공부하는 것과 같다고 생각하면 돼. 여기에는 주요 강들이 없어. 주요 산들은 내가 있는 이곳이 유일해. 그런데 이름이 있는 것 같지는 않아. 주요 도시들은…… 어머나, 저건 어떤 동물이기에 저 아래에서 꿀을 모으고 있지? 아무래도 꿀벌일 리가 없어. 1킬로미터나 떨어진 이곳에서 꿀벌이 보일 리 없잖아.'

앨리스는 한동안 아무 말 없이 서서 꽃들 사이를 분주히 오가는 그 동물을 지켜보았다. 그것은 코끼리 코 같은 것으로 꽃들을 찌르고 있었다. 앨리스는 생각했다.

'평범한 꿀벌과 다를 바 없잖아.'

그러나 자세히 보니 평범한 꿀벌이 아니었다. 사실 그것은 코끼리였다. 앨리스도 이내 그 사실을 깨닫고 처음에는 깜짝 놀랐다. 그런 다음 이렇게 생각했다.

'그렇다면 저 꽃들이 도대체 얼마나 크다는 거지? 마치 지붕이 벗겨진 작은 집처럼 생겼잖아. 거기에 줄기가 달린 것 같아. 저 꽃들엔 분명 꿀도 엄청 많을 거야! 당장 내려가봐야겠어. 아니, 아직 안 돼.'

앨리스는 언덕 아래로 달려 내려가려던 순간 갑자기 부끄러워져서 변명거리를 찾으려고 애를 썼다.

'저것들을 몰아낼 길고 좋은 나뭇가지 없이는 절대 내려가면 안 돼. 사람들이 내 여행이 어땠냐고 물으면 정말 재미있을 거야. 그러면 나는 '아, 아주 좋았답니다(이때 앨리스는 즐겨 하던 대로 고개를 약간 뒤로 젖히며 말했다). 먼지가 너무 많고 더운 데다 코끼리들이 귀찮게 했지만요!'라고 대답해야지.'

앨리스는 잠시 멈춘 뒤 다시 말했다.

'다른 길로 내려가는 게 좋겠어. 저 코끼리들은 나중에 만나 봐도 될 것 같으니까. 게다가 나는 세 번째 칸에 가고 싶은 마음이 더 크단 말이야!'

앨리스는 이런 식으로 핑계를 대며 언덕 아래로 달려 내려갔다. 그리고 여섯 개의 작은 시냇물 중 첫 번째 시냇물을 뛰어서 건넜다.

❈

"표를 보여주세요!"

역무원이 창문 안으로 머리를 들이밀며 말했다. 이내 모두가 표를 꺼내들었다. 그런데 기차표 크기가 사람 만해서 객차 안이 마치 표로 가득 찬 것 같았다. 역무원이 화가 난 표정으로 앨리스를 쳐다보며 말했다.

"자, 어서! 꼬마야, 네 표를 보여줘야지!"

이어서 엄청 많은 목소리들이 입을 맞추어 말했다.

(마치 합창하는 것 같아라고 앨리스는 생각했다.)

"그를 기다리게 하지 마, 꼬마야! 그의 시간은 1분에 1,000파운드나 한단다!"

앨리스는 두려움에 가득 찬 목소리로 말했다.

"죄송하지만, 저는 표가 없어요. 제가 온 곳에는 매표소가 없었어요."

그러자 다시 목소리들이 합창을 했다.

"저 아이가 온 곳에는 매표소가 있을 자리가 없었다네. 그곳의 땅은 1인치에 1,000파운드나 하나 보군!"

역무원이 말했다.

"변명하지 마라. 기관사에게라도 표를 샀어야지."

그러자 다시 한번 목소리들이 합창했다.

"기관사는 열차를 운전하는 사람이란다. 연기를 한 번 내뿜는 데 1,000파운드나 한단다!"

앨리스는 속으로 생각했다.

'말해봤자 아무 소용없겠어.'

앨리스가 아무 말 하지 않자 목소리들도 아무 말도 하지 않았다. 하지만 정말 놀랍게도 그 사람들은 합창하듯 다 함께 생각했다(나는 여러분이 '합창하듯 다 함께 생각한다'는 것이 어떤 것인지 이해하길 바란다. 사실 나는 제대로 이해하지 못했다고 고백해야겠다.)

"아무것도 말하지 않는 게 더 낫단다. 말은 한 단어에 1,000

파운드나 하니까!"

앨리스는 생각했다.

'오늘 밤에는 1,000파운드가 나오는 꿈을 꾸겠어. 그럴 게 분명해!'

그러는 동안 역무원은 앨리스를 계속 지켜보고 있었다. 처음에는 망원경으로 보다가 나중에는 현미경으로, 그리고 그다음에는 오페라글라스로 보았다. 마침내 그가 말했다.

"너는 잘못된 길을 여행 중이구나."

그러고는 창문을 닫고 자리를 떴다. 앨리스 맞은편에 앉아 있던 신사가 말했다(그는 하얀색 종이옷을 입고 있었다).

"어린아이는 자기가 가는 길을 알아야 한단다. 설사 자기 이름은 모르더라도!"

하얀 종이옷을 입은 신사 옆에 앉아 있던 염소는 두 눈을 감고 큰 소리로 말했다.

"저 아이는 매표소로 가는 길을 알고 있었어야 해. 자기 이름 철자는 모르더라도!"

그 염소 옆에는 딱정벌레가 앉아 있었다(객차를 가득 채운 승객들은 모두 아주 이상했다).

그들은 모두 차례를 지켜서 말하는 것이 규칙인 것처럼 보였는데, 이어서 딱정벌레가 말했다.

"저 아이는 돌아갈 때 짐으로 부쳐져야 해!"

딱정벌레 뒤에 누가 앉아 있는지 앨리스는 볼 수 없었다. 아무튼, 그다음에는 어떤 쉰 목소리가 말했다.

"기차를 갈아타야……."

그렇게 말하고는 목이 메어서 말을 멈추었다. 앨리스는 생각했다.

'말이 말하는 것 같아.'

그때 엄청나게 작은 목소리가 앨리스의 귀에 대고 속삭였다.

"그걸로 농담 좀 해봐. '말 horse'과 '쉰 목소리 hoarse'로 말이야."

곧이어 멀리서 아주 점잖은 목소리가 들려왔다.

"그 아이에게 '여자아이 취급 주의'라는 딱지를 붙여야 해."

다른 목소리들이 계속 이야기했다('이 객차 안에 도대체 얼마나 많이들 타고 있는 거야'라고 앨리스가 생각했다).

"저 아이를 우편으로 보내야 해. 머리가 있다면……."

"저 아이를 전보로 보내야 해."

"더 가는 동안 저 아이가 기차를 끌게 해야 해."

그런데 갑자기 하얀 종이옷을 입은 신사가 몸을 앞으로 기울이더니 앨리스의 귀에 대고 속삭였다.

"저 사람들이 하는 말에 개의치 마라, 얘야. 하지만 기차가 설 때마다 돌아가는 표를 사야 한단다."

앨리스는 조바심을 내며 말했다.

"그럴 수 없어요! 저는 이런 기차 여행을 하고 있지 않았어요. 그저 숲에 있었다고요. 다시 숲으로 돌아가고 싶을 뿐이에요!"

아까 그 작은 목소리가 앨리스의 귀 가까이에서 속삭였다.

"그걸로 또 농담을 해봐. '할 수 있다면 하겠다' 같은 것 말이야."

앨리스는 그 목소리가 어디에서 들려오는 것인지 확인하려고 사방을 둘러보았지만 헛수고였다.

"그렇게 놀리지 마. 그렇게 농담을 하고 싶다면 네가 직접 농담하지 그래?"

그 작은 목소리는 깊은 한숨을 내쉬었다. 굉장히 불행하게 들리는 한숨이었다.

"다른 사람들처럼 한숨이라도 내쉬었다면……."

앨리스도 그 소리를 듣고 위로하는 어떤 말을 했을 것이다. 하지만 그 소리가 너무 작아서 앨리스의 귀와 아주 가까이 있지 않았다면 아무것도 듣지 못했을 것이다. 그래서 앨리스는 그저 귀가 너무 간지럽다고 느꼈을 뿐 이 불쌍한 작은 생물의 불행에 신경을 쓰지 못했다. 작은 목소리가 계속 말했다.

"나는 네가 친구라는 걸 알아. 친구야, 오래된 친구. 내가 곤충이라도 너는 나를 해치지 않을 거야."

앨리스는 약간 걱정스러운 얼굴로 물었다.

"어떤 곤충이야?"

앨리스는 그 곤충이 혹시나 침을 쏘는 것은 아닌지 너무 궁금했지만, 그런 걸 물어보는 것은 예의에 어긋난다고 생각했다.

"그런데 너는……."

작은 목소리가 말을 꺼내려는 참에 그 기차에서 날카로운 기적소리가 울렸다. 그리고 그 바람에 곤충의 목소리는 묻혀버렸다. 모든 이들이 깜짝 놀라 벌떡 일어났다. 앨리스도 다른 이들 틈에 끼어 일어섰다. 창문 밖으로 머리를 내놓고 보고 있던 말이 조용히 머리를 안으로 들이면서 말했다.

"기차가 시냇물을 하나 뛰어넘었을 뿐이야."

모두가 이 말에 안심하는 듯 보였다. 하지만 앨리스는 기차가 시냇물을 뛰어넘는 모습을 상상했고, 그 바람에 약간 긴장되었다. 앨리스는 혼잣말로 중얼거렸다.

'하지만 이 기차를 타고 있으면 네 번째 칸으로 가니까 그건 조금 편해!'

바로 다음 순간, 앨리스는 그 객차가 공중으로 붕 떠오르는 느낌을 받았다. 너무 놀란 앨리스는 손에 닿는 것을 아무거나 잡았다. 손에 잡힌 것은 염소의 수염이었다.

❈

앨리스가 염소수염을 잡자, 신기하게도 수염이 녹아 없어져버렸다. 앨리스는 나무 아래에 조용히 앉아 있었다. 모기 한 마리가(앨리스가 기차에서 대화하던 곤충이었다) 앨리스의 머리 바로 위에 있는 작은 나뭇가지에 균형 잡고 앉아 날개로 부채질해주고 있었다. 모기는 몸집이 아주 컸다. 앨리스는 생각했다.

'닭만큼 크잖아!'

앨리스는 그 모기를 무서워하지 않았다. 이미 아주 오랫동안 대화를 나눈 뒤였기 때문이다. 모기는 아무 일도 없었다는 듯 차분하게 이어서 말했다.

"그래서 넌 곤충이라면 전부 싫어한다고?"

앨리스가 대답했다.

"말을 할 수 있는 곤충은 좋아해. 하지만 내가 온 곳에서는 말할 수 있는 곤충이 한 마리도 없었어."

모기가 질문했다.

"네가 온 곳에서 넌 어떤 종류의 곤충을 갖고 있었니?"

앨리스가 대답했다.

"곤충을 한 마리도 가지고 있지 않아. 왜냐하면 난 곤충을 좀 무서워하거든. 특히 커다란 곤충들 말이야. 하지만 너한테 곤충들 이름 몇 개 정도는 알려줄 수 있어."

모기가 태평하게 말했다.

"물론 그 곤충들은 자기 이름에는 대답하겠지?"

"아니, 전혀 그렇지 않아."

모기가 말했다.

"자기 이름에 대답하지도 않을 거라면 이름은 왜 가지고 있지?"

앨리스가 말했다.

"곤충들에겐 필요가 없지. 하지만 사람들이 곤충에게 이름을 붙인 건 편리해서 그런 거야. 그게 아니라면 모든 사물에 이름이 있겠니?"

모기가 대답했다.

"나도 잘 모르겠다. 그런데 저 아래 숲에 가면 곤충들에게 이름이 없어. 어쨌든 시간 낭비하지 말고 네 곤충 이름 이야기나 하자."

앨리스가 손가락으로 세면서 이름들을 말하기 시작했다.

"말파리가 있어."

모기가 말했다.

"좋아. 저 덤불 중간쯤에 가면 너는 흔들목마파리를 보게 될 거야. 흔들목마파리는 몸 전체가 나무로 만들어졌는데, 나뭇가지 사이에 매달려서 흔들거린단다."

앨리스가 호기심이 발동했는지 큰 관심을 보이며 물었다.

"그 곤충은 뭘 먹고 살아?"

모기가 대답했다.

"나무즙과 톱밥.

그 밖의 다른 곤충을 이야기해봐."

앨리스는 흥미롭다는 표정을 지으며 흔들목마파리를 쳐다보았다. 그녀는 최근 그 목마를 새로 색칠했을 거로 확신했다. 목마의 색깔이 너무 밝은 데다 끈적끈적해 보였기 때문이다. 앨리스가 이야기를 이어 나갔다.

"그리고 잠자리가 있지."

모기가 말했다.

"네 머리 위쪽에 있는 나뭇가지를 봐. 거기에 있는 게 스냅드 래건잠자리야. 이 잠자리의 몸은 건포도를 넣은 푸딩으로 만들 어졌어. 날개는 호랑가시 나뭇잎(크리스마스 장식으로 주로 쓰이는 나뭇잎 – 옮긴이)으로 돼 있지. 그리고 머리는 브랜디에 절인 건포 도로 만들어졌다고."

앨리스가 방금 전처럼 물었다.

"저 잠자린 뭘 먹고 사니?"

모기가 대답했다.

"우유 밀죽과 민스파이(영국에서 크리스마스 때 주로 먹는 음식 – 옮 긴이)를 먹지. 그리고 크리스마스 상자 안에 보금자리를 만들어."

머리에 불이 붙은 곤충(잠자리는 영어로 *dragon-fly*라서 용이라는 뜻이 들어 있다. – 옮긴이)을 유심히 본 뒤 앨리스는 생각했다.

"곤충들이 촛불로 달려드는 이유가 궁금했는데, 스냅드래건 잠자리가 되고 싶어서 그랬던 거였어!"

앨리스가 이어서 말했다.

"그리고 나비도 있어."

모기가 말했다.

"네 발쪽으로 기어가고 있는(이 말을 할 때 앨리스는 약간 놀라서 뒤로 물러났다) '버터 바른 빵 파리' 보이지(영어로 나비는 *butter-fly* 라서 버터라는 말이 들어간다. – 옮긴이)? 그 파리의 날개는 버터 바 른 얇은 빵 조각이고, 몸은 빵 껍질로 되어 있지. 그리고 머리 는 각설탕이야."

"이건 뭘 먹고 살아?"

"크림이 들어간 연한 홍차."

앨리스는 머릿속에 새로운 의문이 떠올라 모기에게 물었다.

"만약 파리가 홍차를 찾지 못하면 어떡하니?"

"꼼짝없이 죽게 되겠지."

앨리스가 생각에 잠긴 채 말했다.

"하지만 그런 일은 자주 일어나잖아."

모기가 말했다.

"늘 일어나는 일이지."

그런 다음, 앨리스는 잠시 아무 말 없이 곰곰이 생각에 잠겼다. 그 사이 모기는 윙윙거리며 앨리스의 머리 위를 기분 좋게 날았다.

마침내 모기가 다시 자리를 잡고 앉아 말을 꺼냈다.

"너는 네 이름을 잃고 싶지 않겠지?"

앨리스가 약간 불안해하며 대답했다.

"물론이지. 절대로 그런 일이 일어나지 않았으면 좋겠어."

모기가 무심한 목소리로 말했다.

"잘 모르겠어.

네가 이름 없이 집에 가면 얼마나 편리할지 생각해봐! 예를 들어, 선생님이 수업하려고 너를 부르고 싶어도 '이리로 오렴' 이렇게 외치다가 멈출 거야. 선생님이 부를 네 이름이 없기 때문이지. 그럼 이름을 부르지 않았으니까 너는 선생님께 갈 필요도 없어."

앨리스가 말했다.

"절대로 그렇지 않아. 선생님은 그런 이유로 나를 수업에서 빠지게 하진 않을 거야. 내 이름이 기억나지 않을 땐 하인들처럼 나를 '아가씨'라고 부를걸?"

모기가 말했다.

"선생님이 '아가씨'라고 부르고 더 아무 말도 하지 않으면 수업에 빠져도 돼(아가씨의 Miss가 '빠지다, 놓치다'는 뜻의 miss와 같아서 농담을 하는 것이다. ─옮긴이). 아, 농담이야. 너도 농담을 좀 즐기면 좋겠는데."

앨리스가 물었다.

"너는 내가 왜 농담하길 바라는 거니? 별로 재미도 없는 농담을."

그러자 모기는 깊은 한숨을 내쉬며 커다란 눈물을 볼 위로 두 방울 떨어뜨렸다. 앨리스가 말했다.

"농담 때문에 그렇게 불행하다면 더는 농담을 해서는 안 돼."

모기가 다시 한번 우울한 표정으로 작은 한숨을 내쉬었다. 이번에는 그 불쌍한 모기가 정말로 한숨에 실려 날아가는 것만 같았다. 앨리스가 무심코 올려보았을 때 그 나뭇가지에는 아무것도 보이지 않았다. 너무 오랫동안 가만히 앉아 있었더니 한기가 느껴진 앨리스는 자리에서 일어나 걷기 시작했다.

앨리스는 이내 너른 공터에 도착했다. 그 반대편에는 숲이 있었는데, 앞서 있었던 숲보다 훨씬 더 어두워 보였다. 그래서 앨리스는 그 숲속으로 들어가기가 조금 망설여졌다. 하지만 다시 한번 곰곰이 생각해본 후 들어가기로 마음먹었다.

'나는 돌아가지 않을 거잖아.'

이 길이 여덟 번째 칸으로 가는 유일한 길이었다. 앨리스는 생각에 잠긴 채 혼자 중얼거렸다.

'이곳이 이름이 없다는 그 숲이 분명해. 이 안으로 들어가면 내 이름은 어떻게 되는 걸까? 내 소중한 이름을 잃어버리고 싶지 않아. 만일 그런 일이 생기면 사람들이 다른 이름을 지어주겠지? 그 이름은 분명히 못난 이름일 거야. 그렇지만 내 옛날 이름을 가진 동물을 찾는 일은 재밌지 않을까! 사람들이 기르던 개를 잃어버렸을 때 '―라고 부르면 대답합니다. 황동색 목걸이에 이름이 적혀 있습니다'라고 광고하는 것처럼 말이야. 만나는 모든 것을 '앨리스'라고 불러보는 거야. 그중 하나가 대답을 할 때까지! 하지만 현명하다면 아무도 대답하지 않겠지.'

앨리스는 계속 중얼거리면서 걸어갔고, 마침내 그 숲에 도착했다. 나무가 많이 우거져서 숲은 무척 시원해 보였다. 앨리스는 나무들 아래로 걸음을 옮기면서 말했다.

'어쨌든 정말 다행이야. 더운 곳에 있다가 이리로…… 이리로…… 뭐지?'

앨리스는 자신이 말하고 싶은 단어가 생각나지 않자 깜짝 놀랐다.

'나는 이리로…… 이 아래에…… 아래에 있을 거라고 말하려고 했는데!'

그러면서 나무 둥치에 손을 얹었다.

'이걸 뭐라고 불렀더라? 정말로 이름이 없어지다니! 이름이 없는 게 확실해!'

앨리스는 잠시 아무 말 없이 서서 생각했다. 그러다가 갑자기 다시 혼자 중얼거리기 시작했다.

'정말로 그런 일이 벌어진 거야! 이제 나는 누구지? 나는 어떻게든 기억해낼 거야! 내 이름을 꼭 기억해낼 거라고!'

하지만 결심을 단단히 한다고 해서 크게 도움이 되는 것은 없었다. 앨리스는 무척 당황스러웠다. 결국, 그녀가 할 수 있는 말은 이것뿐이었다.

'L, 내 이름은 L로 시작해!'

바로 그때였다. 새끼 사슴이 앨리스에게 다가오고 있었다. 새끼 사슴은 커다랗고 차분한 눈으로 앨리스를 쳐다보았다. 하지만 전혀 놀란 것처럼 보이지는 않았다.

"이리 오렴! 이리로!"

앨리스는 손을 뻗어 그 새끼 사슴을 쓰다듬으려 했다. 그러자 새끼 사슴은 조금 뒤로 물러났다. 그리고 다시 가만히 서서 앨리스를 한동안 쳐다보았다. 마침내 새끼 사슴이 말했다.

"너는 너를 뭐라고 부르니?"

새끼 사슴의 목소리는 아주 감미로웠다! 가여운 앨리스는 생

각했다.

"나도 알고 있었으면 좋았을 텐데!"

앨리스는 아주 슬픈 목소리로 대답했다.

"없어. 지금 이 순간에는."

새끼 사슴이 말했다.

"그러지 말고 다시 생각해봐."

앨리스는 다시 생각해보았지만 아무것도 떠오르지 않았다.

그래서 수줍은 얼굴로 다시 말했다.

"너를 뭐라고 부르는지 내게 알려줄래? 그러면 조금 도움이 될 것 같아."

새끼 사슴이 말했다.

"이리로 조금 더 가까이 오면 말해줄게. 여기에서는 잘 기억이 안 나거든."

그래서 그들은 함께 숲속을 걸어갔다. 앨리스는 걸으면서 그 새끼 사슴의 목을 다정하게 감싸 안았다. 때마침 그들은 또 다른 공터에 도착했다. 이곳에서 새끼 사슴은 갑자기 공중으로 힘차게 뛰어오르더니 몸을 흔들어 앨리스의 팔에서 벗어났다. 새끼 사슴이 기쁜 목소리로 크게 외쳤다.

"나는 새끼 사슴이야! 세상에! 너는 인간 아이로구나!"

새끼 사슴의 아름다운 갈색 눈동자에 갑자기 놀라움이 번졌다. 바로 다음 순간, 새끼 사슴은 전속력으로 달아나버렸다. 앨리스는 가만히 서서 사슴의 뒷모습을 바라보았다. 길동무였던 어린 사슴이 갑작스럽게 사라지자 앨리스는 너무 속상해서 곧 울음을 터뜨릴 것만 같은 얼굴이 되었다. 앨리스가 중얼거렸다.

'하지만 이제 내 이름을 알잖아. 그게 조금은 위안이 돼. 앨리스. 앨리스. 다시는 내 이름을 잊지 않을 거야. 그런데 이 표지판 중 나는 어떤 길로 가야 할까?'

그것은 답하기 어려운 문제가 아니었다. 그 숲을 지나는 길은 오로지 하나밖에 없었다. 사실 두 표지판 모두 하나의 길을 가리키고 있었기 때문이다. 앨리스가 중얼거렸다.

'길이 갈라지고 표지판이 다른 길을 가리키면 그때 정해야겠어.'

하지만 그런 일은 일어날 것 같지 않았다. 앨리스는 쭉 펼쳐진 길을 따라 앞으로 계속 나아갔다. 갈림길에서 나온 두 개의 표지판은 언제나 같은 방향을 가리키고 있었다. 표지판 하나에는 '트위들덤의 집으로 가는 길'이라고 적혀 있었고, 다른 표지판 하나에는 '트위들디의 집으로 가는 길'이라고 쓰여 있었다. 마침내 앨리스가 말했다.

'그들은 분명히 같은 집에 살고 있어! 내가 왜 진작 그 생각을 못 했을까? 하지만 난 그곳에 오랫동안 머물 수는 없어. 나는 그냥 '안녕하세요?'라고 인사하고 이 숲에서 빠져나가는 길만 물어볼 거야. 날이 더 어두워지기 전에 여덟 번째 칸에 도착할 수 있으면 좋겠어!'

앨리스는 혼자 중얼거리면서 계속 걸었다. 급격히 꺾어지는

모퉁이를 하나 돌자 작고 뚱뚱한 남자 두 명과 마주쳤다. 그들과 너무 갑작스레 마주치자 깜짝 놀란 앨리스는 뒷걸음질 쳤다. 그러나 앨리스는 곧바로 마음을 진정하고 그 두 사람이 그들임을 확신했다.

4. 트위들덤과 트위들디

그들은 나무 아래에서 서로 어깨동무를 하고 서 있었다. 앨리스는 곧바로 누가 누구인지 알 수 있었다. 한 사람의 목깃에는 '덤'이라는 글자가 수 놓여 있었고, 다른 사람의 목깃에는 '디'라는 글자가 수 놓여 있었기 때문이었다. 앨리스가 중얼거렸다.

'저 목깃 뒷부분에는 각각 '트위들'이라고 수 놓여 있겠지?'

그들은 꼼짝 않고 가만히 서 있었다. 그 바람에 앨리스는 그들이 살아 있는 사람이라는 사실을 잠시 잊었다. 앨리스는 그들의 목깃 뒷부분에 '트위들'이라는 단어가 적혀 있는지 확인하고 싶어서 그들 뒤로 돌아갔다. 그 순간, '덤'이라고 표시된 사람이 말을 하는 바람에 앨리스는 화들짝 놀랐다.

'덤'이 말했다.

"우리를 밀랍인형이라고 생각한다면 너는 돈을 내야만 해.

밀랍인형은 돈을 내지 않고 그냥 보라고 만들어진 게 아니거든! 결코 아니지!"

'디'가 덧붙여 말했다.

"반대로, 우리를 살아 있다고 생각한다면 너는 말을 걸어야만 해."

앨리스가 할 수 있는 말은 이것뿐이었다.

"정말 죄송해요!"

앨리스의 머릿속에서 시곗바늘이 재깍거리듯 오래된 어떤 노래의 가사가 계속 맴돌았다. 앨리스는 어쩔 수 없이 큰 소리로

그 노래를 불러버렸다.

"트위들덤과 트위들디
싸우기로 합의했네.
트위들덤이 트위들디에게
자기의 멋진 새 딸랑이를 망가뜨렸다고 말했기 때문이지.
바로 그때 타르처럼 새까만
괴물처럼 생긴 까마귀 한 마리가 날아왔다네.
두 영웅은 너무 놀란 나머지
자신들의 싸움도 잊어버렸네."

트위들덤이 말했다.
"네가 지금 무슨 생각을 하고 있는지 알아. 하지만 그건 그렇지 않아. 절대로."
트위들디가 이어서 말했다.
"반대로 그게 그렇다면 그럴 수도 있지. 그리고 그게 그랬다면 그랬을 거야. 하지만 그렇지 않아서 그게 아니야. 그게 논리지."
앨리스는 아주 공손하게 말했다.
"저는 이 숲에서 빠져나가는 가장 좋은 방법을 생각하고 있었어요. 날이 점점 어두워지고 있잖아요.
말씀해주시겠어요?"

하지만 뚱뚱하고 작은 이 두 남자는 서로를 바라보며 활짝 미소 지을 뿐이었다. 그들은 완전히 학생들처럼 보여서 앨리스는 손가락으로 트위들덤을 가리키며 말했다.

"첫 번째 학생!"

"절대 아니야!"

트위들덤은 힘차게 소리친 뒤 다시 입을 꽉 다물었다.

앨리스가 다시 트위들디를 가리키며 말했다.

"두 번째 학생!"

앨리스는 그가 '반대야!'라고 소리칠 것이라고 확신했고, 실제로 트위들디는 그렇게 했다. 트위들디가 소리쳤다.

"너는 시작을 잘못했어! 처음 만나서 할 일은 '안녕하세요?'라고 말한 다음 악수하는 거야!"

그리고 이때 두 형제는 서로를 끌어안더니 자유로운 손을 앨리스에게 내밀어 악수를 청했다. 처음에 앨리스는 그들 중 한 명과 먼저 악수하고 싶지 않았다. 나머지 한 사람의 기분이 상할까 봐 걱정되었기 때문이었다.

이때 그 문제를 해결하는 가장 좋은 방법은 한꺼번에 두 사람의 손을 잡는 것이었다. 다음 순간, 그들은 원을 그리며 춤을 추고 있었다. 이 모습은 꽤 자연스러웠는데(앨리스는 나중에 그렇게 기억했다), 앨리스는 심지어 음악 소리가 들려도 놀라지 않았다. 춤을 추고 있는 그들 위의 나무에서 음악 소리가 나오는 것 같았다. (앨리스가 짐작하기에) 바이올린과 바이올린 활처럼 나뭇가지들이 서로를 비벼서 소리를 만들어냈다(나중에 앨리스가 이 모든 이야기를 자신의 언니에게 들려줄 때 이렇게 말했다).

"〈오디나무를 빙빙 돌자〉 노래를 부른 건 확실히 재미있었어. 내가 그 노래를 언제부터 부르기 시작했는지는 모르겠지만, 아주 오랫동안 노래를 부르는 느낌이었어!"

함께 춤을 추던 다른 두 사람은 뚱뚱했기 때문에 금방 숨이 찼다. 트위들덤이 숨을 헐떡이며 말했다.

"한 번 춤을 출 때 네 번 정도 도는 거로 충분해."

그들은 갑자기 춤을 추기 시작했던 것처럼 춤을 멈추는 것도 갑자기 멈추었다. 춤을 추지 않자, 음악도 갑자기 중단되었다. 그리고 그들은 앨리스의 손을 놓고 잠시 가만히 서서 앨리스를 쳐다보았다. 무척 어색한 기운이 감돌았다.

앨리스는 방금 함께 춤을 추었던 사람들과 어떻게 대화를 시작해야 할지 난감해서 혼자 중얼거렸다.

"지금 '안녕하세요?'라고 말하는 건 절대 안 돼. 그런 인사를 할 순간은 벌써 지났단 말이야!"

마침내 앨리스가 입을 열었다.

"많이 지친 건 아니죠?"

트위들덤이 말했다.

"절대 아니야. 그래도 물어봐 줘서 고맙구나."

트위들디가 덧붙여 말했다.

"정말 고마워! 너는 시를 좋아하니?"

앨리스가 머뭇거리며 대답했다.

"네…… 에. 꽤…… 좋아해요. 어떤 시는요. 어느 길로 가야 이 숲을 빠져나갈 수 있는지 알려주실래요?"

트위들디가 앨리스의 질문은 무시한 채 아주 진지한 눈빛으로 트위들덤을 돌아보며 말했다.

"이 아이에게 무슨 시를 외워줄까?"

트위들덤이 대답하면서 애정을 가득 담아 자기 형제를 안아주었다.

"「바다코끼리와 목수」가 제일 길지."

트위들디가 곧바로 시를 외우기 시작했다.

"태양이 빛나고 있었네."

이때 앨리스가 용기를 내어서 끼어들었다.

그리고 최대한 정중하게 말했다.

"그 시가 그렇게 긴 시라면, 저한테 먼저 어느 길이……."

트위들디는 점잖게 웃더니 다시 시를 외우기 시작했다.

"태양이 바다에서 빛나고 있었네.

있는 힘을 다해서.

태양은 최선을 다해

파도를 잔잔하게 만들었네.

그런데 정말로 이상하지.

그때는 한밤중이었거든.

달이 부루퉁하게 빛나고 있었네.
해가 진 뒤인데 태양이
그곳에 있으면 안 된다고 생각했기 때문이라네.
달이 말했지.
'정말 무례하군요. 이렇게 와서 흥을 깨다니!'

바다는 엄청 축축했고,
모래는 바싹 말랐지.
구름 한 점 볼 수 없었다네.
하늘에 구름이 없었기 때문이지.
머리 위로 날아가는 새도 볼 수 없었네.
날아가는 새가 없었으니.

바다코끼리와 목수는
손이 닿을 정도로 가까이에서 걷고 있었지.
그들은 엄청난 양의 모래를 보고 눈물을 흘렸네.
그들이 말했지.
'이걸 모두 깨끗하게 치운다면 정말 좋을 텐데!'

'하녀 일곱 명이 일곱 개의 빗자루로
반년 동안 모래를 쓸어내면,
저 모래를 다 치울 수 있다고 생각하니?'

바다코끼리가 물었지.
'그럴 수 없을 거야.'
목수가 대답했네.
그리고 쓰라린 눈물을 흘렸지.

'오, 굴들아, 이리 와서 우리와 함께 걷자!'
바다코끼리가 애원했지.
'즐겁게 걸으며, 즐겁게 대화를 나누자,
짜디짠 바닷가를 따라.
우리는 손이 네 개지만
각자 하나씩 잡자.'

가장 나이가 많은 굴이 바다코끼리를 쳐다보았네.
하지만 한마디도 하지 않았지.
가장 나이가 많은 굴이 눈을 찡긋하고,
무거운 머리를 흔들었네.
굴 양식장을 떠나지 않을 거란 뜻이었지.

그러나 젊은 굴 네 개는 서둘렀지.
함께 가고 싶어서.
그들은 코트를 털고, 얼굴을 씻고,
신발을 말끔하게 닦았지.

그런데 정말로 이상하지.
알다시피 그들에게는 발이 없거든.

다른 굴 네 개가 그들을 뒤따랐네.
그리고 또 다른 굴 네 개가 더 따라왔지.
그리고 마침내 잇따라 많은 굴이
점점 더 많이, 많이 뒤따라왔다네.
모두가 거품이 이는 파도를 뛰어넘어
앞다투어 바닷가로 나왔지.

바다코끼리와 목수는
1킬로미터 이상 걸어갔지.
그리고 나서 바위 위에 편안하게
앉아서 쉬었다네.
어린 굴들은 모두 줄을 서서
기다렸네.

'때가 됐어' 하고 바다코끼리가 말했지.
'많은 것들을 이야기할 때가.
신발과 배와 밀랍과
그리고 양배추와 왕들을.
그리고 바다가 왜 뜨겁게 끓고 있는지,

돼지에게 날개가 있는지에 대해서.'

'잠깐만요'라고 굴들이 소리쳤지.

'이야기하기 전에 조금만 기다려줘요.

우리 중 몇몇은 숨이 차고

우리는 모두 뚱뚱하다고요!'

'서두를 필요 없어!'라고 목수가 말했어.

굴들은 목수에게 굉장히 고마워했지.

'빵 한 덩이'라고 바다코끼리가 말했네.

'우리에게 정말 필요한 거야.

그 외에도 후추와 식초가

정말로 유용하지.

자, 이제 너희들이 준비됐다면, 굴 친구들이여,

이제 먹어볼까.'

'안 돼요!'라고 파랗게 질려서

굴들이 소리쳤지.

'그렇게 친절을 베푼 뒤에

이러는 건 비겁한 짓이에요!'

'멋진 밤이군!' 하고 바다코끼리가 말했다네.

'경치가 좋지?'

'우리를 따라와 주어 정말 고맙구나!
너희들은 굉장히 멋져!'
목수는 이 말만 했지.
'한 조각 더 자르자.
귀가 먹은 건 아니길 바랐는데.
내가 두 번이나 부탁했어!'

'부끄러운 일이야!' 하고 바다코끼리가 말했네.
'그런 속임수를 써서 굴들을 가지고 논 것은.
우리가 굴들을 너무 멀리까지 데리고 오고
너무 빨리 뛰게 했어!'
목수는 이 말만 했다네.
'버터를 너무 많이 발랐어!'

'내가 너희들을 위해 울어줄게' 하고 바다코끼리가 말했네.
'너희들을 정말 불쌍히 여긴단다.'
바다코끼리는 흐느끼고 눈물을 떨구며
큰 굴들을 골라냈지.
눈물을 주룩주룩 흘리기 전에
손수건을 들고서.

'아, 굴들아' 하고 목수가 말했네.

'너희들은 즐겁게 뛰었잖니!
다시 집으로 빠르게 뛰어갈까?'
그러나 돌아오는 대답은 없었네.
이것은 이상할 거 없었지.
그들이 굴들을 모두 먹어버렸으니까."

앨리스가 말했다.
"바다코끼리가 그나마 더 나아요. 그래도 바다코끼리는 불쌍한 굴들에게 조금은 미안해하니까요."
트위들디가 말했다.
"하지만 바다코끼리가 목수보다 굴을 더 많이 먹었어. 바다코끼리가 손수건을 들고 있어서 목수는 바다코끼리가 얼마나 먹었는지 셀 수 없었잖아, 반대로."
앨리스가 화를 내며 말했다.
"그건 너무 나빠요! 그렇다면 나는 목수를 더 좋아하겠어요. 목수가 바다코끼리만큼 많이 먹지만 않았다면요."
트위들덤이 말했다.
"하지만 목수도 먹을 수 있는 만큼 최대한 굴을 많이 먹었어."
이 말 때문에 앨리스는 더욱 혼란스러워졌다. 앨리스는 잠시 생각한 뒤 다시 말했다.
"그래요! 바다코끼리와 목수는 둘 다 아주 기분 나쁜……."
이때 근처 숲에서 커다란 증기 기관차의 기적 소리 같은 것이 들려와 앨리스는 깜짝 놀라 말을 멈추었다. 야생 짐승일 것이라고 짐작한 앨리스는 겁을 먹고 조심스럽게 물었다.

"이 근처에 사자나 호랑이가 살아요?"

트위들디가 말했다.

"아니. 저 소리는 붉은 왕이 코를 고는 소리야."

형제들이 소리쳤다.

"그리로 가서 우리 눈으로 직접 확인해보자!"

그들은 양쪽에서 앨리스의 손을 한쪽씩 잡고서 왕이 자는 곳으로 데려갔다. 트위들덤이 말했다.

"사랑스러운 모습이지 않니?"

앨리스는 솔직하게 그렇다고 말할 수가 없었다. 붉은 왕은 술이 달린 길쭉한 붉은색 잠옷 모자를 쓰고 있었다. 그리고 지저분한 나뭇잎 더미에 몸을 웅크린 채 누워서 코를 크게 골고 있었다. 트위들덤이 말했다.

"코를 골다가 머리까지 떨어지겠는데!"

배려심 많은 어린 앨리스가 말했다.

"축축한 풀밭에 누워 있어서 감기에 걸릴까 봐 걱정이에요."

트위들디가 말했다.

"왕은 지금 꿈을 꾸고 있어. 넌 그가 무슨 꿈을 꾸고 있다고 생각하니?"

앨리스가 대답했다.

"그런 걸 알 수 있는 사람은 없어요."

트위들디가 의기양양하게 손뼉을 치면서 소리를 질렀다.

"바로 너에 관한 꿈이야! 왕이 너에 대한 꿈을 다 꾸고 나면, 너는 어디에 있을 것 같니?"

앨리스가 말했다.

"물론 지금 제가 있는 곳이죠."

트위들디가 거만하게 대꾸했다.

"아니야! 너는 어디에도 없어. 너는 왕의 꿈속에 나오는 존재에 불과하니까."

트위들덤이 덧붙였다.

"만약에 왕이 잠에서 깨어나면 너는 사라지고 말 거야. 휙! 촛불처럼 꺼지는 거지!"

앨리스가 화를 내며 소리쳤다.

"그럴 리 없어요! 내가 그의 꿈속에 나오는 존재에 불과하다면, 당신들은 뭐예요? 말해봐요."

트위들덤이 말했다.

"상동."*(위의 사실과 같다는 뜻 – 옮긴이)*

트위들디가 소리쳤다.

"상동. 상동!"

트위들디가 이 말을 너무 크게 소리치는 바람에 앨리스는 이렇게 말했다.

"쉿! 당신들이 너무 시끄럽게 굴어서 왕이 깨면 어떡해요."

트위들덤이 말했다.

"누구든지 누군가의 꿈속에 나오는 존재일 때는 아무리 크게 떠들어도 꿈꾸는 사람이 잠에서 깨지는 않아. 네가 진짜가 아니라는 걸 너도 잘 알고 있잖아."

"나는 진짜예요!"

앨리스는 이렇게 말하고 흐느껴 울기 시작했다.

트위들디가 말했다.

"그렇게 운다고 네가 조금이라도 더 진짜가 될 것 같니? 우는 것으로는 아무것도 할 수 없단다."

이 말을 듣고 앨리스는 여전히 눈물을 흘리면서도 살짝 웃었는데, 그 모습이 굉장히 이상해 보였다.

"내가 실제로 존재하지 않는다면 울 수도 없을 거예요."

트위들덤이 엄청나게 경멸하는 말투로 끼어들었다.

"그 눈물이 진짜 눈물이라고 생각하는 건 아니겠지?"

앨리스는 조용히 생각했다.

"저 사람들이 하는 말은 모두 터무니없는 이야기야. 그것 때문에 우는 건 바보 같은 짓이라고."

앨리스는 눈물을 닦고 최대한 활기찬 목소리로 말했다.

"어쨌든, 이 숲에서 나가는 게 좋겠어요. 이제 정말 어두워지고 있단 말이에요. 비가 올 거로 생각해요?"

트위들덤은 자기와 자기 형제의 머리 위로 커다란 우산을 펼쳤다. 그리고 그 속에서 우산을 올려다보았다.

"아니. 비는 안 올 것 같아. 적어도 이 우산 아래엔 말이지. 절대 아니야."

"그렇다면 우산 밖에는 비가 올까요?"

트위들디가 말했다.

"그럴지도 모르지. 선택한다면. 우리는 이의가 없어. 반대로."

앨리스는 생각했다.

"이기적인 사람들!"

"잘 있어요."

앨리스는 이 말만 하고 그들을 떠나려 했다.

그때 트위들덤이 우산 아래에서 뛰어나와 앨리스의 손목을 붙잡았다. 트위들덤은 흥분해서 목멘 소리로 말했다.

"너, 저거 봤니?"

트위들덤의 두 눈이 엄청나게 커지고 노랗게 변했다. 그는 떨리는 손가락으로 나무 아래에 놓여 있는 작고 하얀 물건을 가리켰다. 앨리스는 그 하얗고 자그마한 물건을 조심스럽게 살펴본 뒤 말했다.

"저건 딸랑이일 뿐이에요."

앨리스는 그가 놀랐다고 생각해서 서둘러 덧붙여 말했다.

"방울뱀이 아니에요. 저건 그저 낡은 딸랑이일 뿐이라고요. 너무 오래돼서 부서져버렸네요."

트위들덤이 소리를 지르며 발을 거칠게 쿵쿵거렸다. 그러더니 그는 자기 머리카락을 쥐어뜯기 시작했다.

"나도 알고 있어! 물론 그건 다 망가졌어!"

이때 트위들덤이 트위들디를 쳐다보았다. 트위들디는 즉시 땅에 주저앉아 우산 아래로 몸을 숨기려고 애썼다. 앨리스는 트위들덤의 팔을 잡고 달래는 말투로 말했다.

"낡은 딸랑이 때문에 그렇게 화낼 필요 없어요."

트위들덤이 이전보다 훨씬 더 화난 목소리로 소리쳤다.

"낡은 딸랑이가 아니야! 이건 새것이라고! 똑똑히 알아둬, 이건 내가 어제 산 새 딸랑이라고. 내 멋진 새 딸랑이!"

그의 목소리는 이제 그야말로 비명에 가깝게 들렸다. 그 사이 트위들디는 줄곧 우산 안으로 들어가 우산을 접으려 애쓰고 있었다. 그러는 모습이 너무 이상해서 앨리스는 화가 난 그의 형제보다 트위들디에게 더 관심이 쏠렸다. 하지만 트위들디는 우산을 접을 수 없었다. 그래서 그는 결국 머리만 밖으로 내민 채 우산으로 자신의 몸을 감쌌다. 그리고 그 안에서 드러누워 입과 커다란 두 눈을 떴다 감았다를 반복했다. 그 모습을 본 앨리스는 생각했다.

'꼭 물고기 같아.'

트위들덤이 조금 차분해진 목소리로 말했다.

"물론 너도 결투하는 것에 동의하겠지?"

트위들디는 우산에서 기어 나오면서 샐쭉하게 대답했다.

"그러지 뭐. 저 아이가 우리가 옷 입는 걸 도와줘야겠군."

두 형제는 손을 잡고 숲으로 들어가더니 잠시 뒤에 뭔가를 한 아름 안고서 돌아왔다. 그것들은 베개, 담요, 난로 깔개, 식탁보, 접시 덮개, 석탄 통 같은 것들이었다. 트위들덤이 말했다.

"넌 핀을 꽂고 끈으로 매는 것을 잘하니? 어떻게 해서든 우리는 이것들을 전부 입어야 하거든."

앨리스는 나중에 '지금까지 살면서 그렇게 호들갑스러운 모습을 본 적이 없었다'고 했다. 두 사람이 부산하게 움직이는 모습, 그리고 그들이 걸친 엄청나게 많은 물건, 끈을 매고 단추를 잠그느라 앨리스가 겪은 어려움 등을 이야기했다. 앨리스가 중얼거렸다.

'준비가 다 되고 나면 정말로 낡은 옷 꾸러미 같아 보일 거야.'

앨리스가 트위들디의 목둘레에 베개를 감아줄 때 트위들디가 말했다.

"머리가 잘려나가는 걸 막기 위해서 하는 거야."

트위들디는 또 매우 근엄하게 말했다.

"머리가 잘리는 건 결투에서 일어날 수 있는 가장 심각한 일이거든."

앨리스는 큰 소리로 웃었다.

하지만 트위들디가 기분 나쁘게 받아들일까 걱정되어 곧바로 태도를 바꾸어 기침하는 척했다. 트위들덤은 투구 끈을 묶어달라고 다가오면서 말했다.

"내가 너무 창백해 보이니?"(트위들덤은 투구라고 불렀지만, 그것은 아무리 봐도 냄비처럼 생겼다.)

앨리스가 순순히 대답했다.

"네…… 조금."

트위들덤이 목소리를 낮춰 이야기했다.

"나는 대부분 아주 용감하지. 하지만 오늘은 두통이 있어서 그런 거야."

그 말을 엿들은 트위들디가 말했다.

"나는 치통이 있다고! 내가 너보다 훨씬 더 아파!"

앨리스는 바로 지금이 두 사람이 화해하기 좋은 기회라고 생각하고 말했다.

"그러면 두 사람 모두 오늘은 싸우지 않는 게 좋겠어요."

트위들덤이 말했다.

"우리는 조금이라도 싸워야만 해. 하지만 나는 오래 싸우는 것도 상관없어. 지금 몇 시지?"

트위들디가 자신의 시계를 보더니 말했다.

"4시 30분이야."

트위들덤이 말했다.

"그럼 6시까지 싸우자. 그러고 나서 저녁 먹자."

트위들디가 슬픈 목소리로 말했다.

"아주 좋아! 저 애한테 우리를 지켜봐도 된다고 하자."

그런 다음 그는 앨리스에게 말했다.

"너무 가까이 오지 않는 게 좋을 거야. 나는 정말로 흥분하면 눈에 보이는 건 죄다 쳐버리거든."

트위들덤이 소리쳤다.

"나는 보이든 안 보이든, 내 손에 닿는 모든 것을 쳐버리지!"

앨리스가 웃으며 말했다.

"그럼 당신들은 나무들을 자주 치겠군요."

트위들덤은 만족스러운 미소를 지으며 주위를 둘러보았다.

"그렇지 않을 거야. 우리 결투가 끝날 때 즈음 이 주위에 나무는 한 그루밖에 남아 있지 않을 테니까!"

이렇게 사소한 이유 때문에 결투하는 것을 그들이 조금이나마 부끄럽게 생각하기를 바라는 마음으로 앨리스가 말했다.

"이 모든 게 딸랑이 때문이라고요!"

트위들덤이 말했다.

"그 딸랑이가 새것만 아니었어도 나는 이렇게까지 신경 쓰지 않았을 거야."

앨리스는 생각했다.

'괴물같이 생긴 까마귀가 오면 좋겠어!'

트위들덤이 자기 형제에게 말했다.

"너도 알겠지만 칼은 하나밖에 없어. 하지만 너는 우산이 있잖아. 그 우산도 칼처럼 꽤 날카로워. 어서 시작해야겠어. 날이 많이 어두워졌어."

트위들디가 말했다.

"점점 더 어두워지네."

날이 너무 갑작스레 어두워지자 앨리스는 폭풍우가 몰려오고 있는 게 분명하다고 생각했다. 앨리스가 말했다.

"엄청나게 두꺼운 먹구름이에요! 정말 빠른 속도로 몰려오고 있다고요! 구름에 날개가 달린 것 같아요!"

트위들덤이 놀라서 날카로운 목소리로 소리를 질렀다.

"저건 까마귀야!"

그러고 나서 두 형제는 도망쳤고 순식간에 모습을 감추었다. 앨리스는 좁은 길을 달려서 숲으로 들어갔다. 그리고 커다란 나무 아래에 멈추어 섰다. 앨리스는 생각했다.

'여기에 있으면 저 까마귀도 절대 나를 어쩌지 못할 거야. 몸이 너무 커서 나무들 사이로 비집고 들어올 수 없을 테니까. 하지만 저렇게 날개를 퍼덕거리지 않았으면 좋겠는데…… . 숲에 허리케인이 닥쳐올 것만 같잖아. 어, 저기 누군가의 숄이 날아가고 있네!'

5. 털실과 물

🌿 앨리스는 서둘러 숄을 붙잡은 다음, 숄의 주인을 찾으려고 주위를 두리번거렸다. 바로 다음 순간, 숲속에서 하얀 여왕이 마치 하늘을 나는 것처럼 두 팔을 쭉 펼치고 무섭게 달려오고 있었다. 앨리스는 숄을 손에 든 채 여왕을 만나기 위해 공손하게 다가갔다. 여왕이 숄을 다시 두르는 것을 앨리스가 도와주며 말했다.

"마침 그 길에 제가 있어서 정말 다행이에요!"

하얀 여왕은 약간 놀란 표정으로 기운 없이 앨리스를 쳐다보았다. 그리고 계속해서 '버터 바른 빵, 버터 바른 빵'을 반복해서 중얼거렸다. 앨리스는 여왕과 대화를 시작하려면 자신이 먼저 무슨 말이든 꺼내야겠다고 생각했다. 앨리스는 조심스럽게 여왕에게 말을 걸었다.

"제가 하얀 여왕님께 말을 하는ᵃᵈᵈʳᵉˢˢⁱⁿᵍ 건가요?"

여왕이 말했다.

"그렇다고 할 수 있겠지. 네가 그것을 옷 입히기ᵃ⁻ᵈʳᵉˢˢⁱⁿᵍ라고 부른다면야(말하다ᵃᵈᵈʳᵉˢˢⁱⁿᵍ를 옷 입히다ᵃ⁻ᵈʳᵉˢˢⁱⁿᵍ로 여왕이 잘못 알아들었다. –옮긴이). 하지만 나는 그렇게 생각하지 않는단다."

앨리스는 이제 막 대화를 시작하는데 논쟁을 벌여서는 안 된다고 생각해서 그냥 웃어넘겼다.

"폐하께서 시작하는 올바른 방법을 알려주신다면 최선을 다하겠습니다."

가여운 여왕은 '끙–' 하고 신음을 냈다.

"나는 그걸 바라지 않아! 두 시간 동안이나 혼자서 옷을 입었단 말이다."

앨리스가 보기에 여왕에게는 옷을 입혀줄 사람이 따로 있는 게 더 좋을 것 같았다. 여왕은 끔찍하게 지저분한 모습이었다. 앨리스는 생각했다.

'모든 게 다 엉망이야. 그리고 머리에 온통 핀을 꽂고 있어!'

앨리스가 큰 소리로 말했다.

"제가 숄을 바로 해드려도 될까요?"

하얀 여왕이 우울한 목소리로 말했다.

"나는 뭐가 문제인지 모르겠어. 정말로 화가 나. 내가 여기에도 핀을 꽂고 저기에도 핀을 꽂아보았는데, 전혀 마음에 들지가 않아!"

앨리스가 여왕에게 숄을 똑바로 걸쳐주면서 말했다.

"한쪽 편에만 핀을 꽂으면 바로 되지 않아요. 어머나, 머리카락이 엉망이에요!"

여왕이 한숨을 쉬며 말했다.

"빗이 엉켜서 그래! 어제 빗을 잃어버렸거든."

앨리스는 조심스럽게 그 빗을 빼서 최선을 다해 머리카락을 정리해주었다. 그런 다음 앨리스는 여왕 머리에 꽂힌 핀도 모두 바로 꽂아주고 말했다.

"보세요, 이제 훨씬 좋아 보여요! 하지만 여왕님은 정말로 시녀를 한 명 두셔야겠어요."

여왕이 말했다.

"너를 데려가면 정말 좋겠구나! 일주일에 2펜스를 줄게. 그리고 이틀에 한 번씩 잼도 주겠다."

앨리스는 웃을 수밖에 없었다.

"저는 여왕님의 시녀로 일하고 싶지 않아요. 그리고 잼도 필요 없어요."

여왕이 말했다.

"그건 아주 맛있는 잼이야."

"어쨌든 저는 오늘 잼을 먹고 싶지 않아요."

여왕이 말했다.

"혹시 네가 잼을 먹고 싶다고 해도 오늘 먹을 수는 없어. 잼은 내일과 어제 주는 게 원칙이거든. 오늘은 잼이 없어."

앨리스가 반박했다.

"가끔은 '오늘 잼'이 있기도 해요."

여왕이 말했다.

"아니야, 그럴 수는 없어. 잼은 이틀에 한 번씩 주는 거니까. 오늘은 다른 날이 될 수 없잖니."

앨리스가 말했다.

"저는 이해가 안 돼요. 너무 헷갈려요!"

여왕이 친절하게 설명했다.

"거꾸로 살아서 그렇단다. 누구나 처음에는 약간 어지러워하지."

앨리스가 깜짝 놀라면서 말했다.

"거꾸로 살다니요? 그런 얘긴 처음 들어봐요!"

"그런데 그렇게 살면 큰 장점이 한 가지 있단다. 사람의 기억이 양쪽으로 작동하거든."

앨리스가 말했다.

"제 기억은 한쪽으로만 작동하는 게 분명해요. 어떤 일이 일어나기 전에는 그것을 기억할 수가 없거든요."

여왕이 말했다.

"뒤로만 기억하다니 참 안됐구나!"

앨리스는 용기를 내어 물었다.

"여왕님께 제일 기억에 남는 일은 어떤 것인가요?"

여왕은 무심한 목소리로 대답했다. 그녀는 말하면서 손가락에 커다란 석고 조각을 붙였다.

"아, 그건 다음 주에 일어날 일들이지.

예를 들면 왕의 신하가 하나 있는데, 그는 지금 벌을 받느라 감옥에 있단다. 재판은 다음 주 수요일에나 열릴 거야. 물론 범죄는 가장 마지막에 일어나지."

앨리스가 말했다.

"그 사람이 아직 죄를 저지르지도 않았단 말씀인가요?"

여왕은 자신의 손가락에 반창고를 둘러 붙이면서 말했다.

"그게 더 낫지 않니?"

앨리스는 그 말을 부정할 수 없었다.

"물론 그게 더 낫긴 하겠지만요.

하지만 그 사람이 처벌받는 것은 더 나은 일이 아니에요."

여왕이 말했다.

"그건 네가 틀렸단다. 너는 벌을 받아본 적 있니?"

앨리스가 대답했다.

"네. 잘못을 저질렀을 때만요."

여왕이 의기양양하게 말했다.

"그러니 너는 더 나아졌잖아!"

앨리스가 말했다.

"네. 하지만 저는 벌 받을 만한 일을 했어요. 그건 정말 다르다고요."

여왕이 말했다.

"하지만 네가 벌 받을 일을 하지 않았다면, 그게 더 좋았을 거야. 더, 더, 더 좋았을 거야!"

여왕의 목소리가 '더'를 말할 때마다 점점 더 커지더니 마침내 꽥꽥거리는 소리가 났다.

"어딘가에서 실수가 있었을……."

앨리스가 이 말을 시작하려는데 여왕이 소리를 지르기 시작했다. 너무 크게 소리를 지르는 바람에 앨리스는 이 말을 다 끝내지도 못했다.

"아야, 아야, 아야!"

여왕은 마치 손을 흔들어서 떼어내고 싶은 사람처럼 손을 마구 흔들면서 비명을 질렀다.

"내 손가락에서 피가 나고 있어! 아야, 아야, 아야, 아야!"

여왕의 비명이 증기 기관차의 기적 소리와 너무도 비슷해서 앨리스는 두 손으로 귀를 막아야 했다. 앨리스는 자기 목소리가 들리게 되자 곧바로 물어보았다.

"왜 그러세요? 손가락이 찔린 거예요?"

여왕이 대답했다.

"나는 아직 찔리지 않았어. 하지만 곧 찔릴 거야. 아야, 아야, 아야!"

앨리스는 웃음이 터져 나올 것 같았지만 간신히 참고 질문했다.

"언제 찔릴 거라고 예상하세요?"

가엾은 여왕이 끙끙거리는 신음을 내며 대답했다.

"내 숄을 다시 걸칠 때 브로치가 풀릴 거야. 아야, 아야!"

여왕이 그 말을 하는 동안 브로치가 정말로 풀려서 떨어졌고, 여왕은 그 브로치를 잽싸게 움켜잡고 다시 고정하려 했다.

앨리스가 소리쳤다.

"조심하세요! 너무 꽉 잡고 계세요!"

그리고 앨리스가 그 브로치를 잡았다. 하지만 그때는 이미 너무 늦었다. 핀이 미끄러지면서 여왕의 손가락을 찔렀다. 그러자 여왕은 미소를 지으며 앨리스에게 말했다.

"봤지? 이제 피를 흘리는 게 설명되겠지? 너는 여기에서 어떤 식으로 일이 일어나는지 이제 이해하겠구나."

앨리스는 손을 들고 다시 귀를 막을 준비를 하고 물었다.

"그런데 왜 지금은 비명을 지르지 않으시는 거죠?"

여왕이 대답했다.

"그건, 내가 이미 비명을 모두 질렀기 때문이야. 이미 다 한 일을 다시 해서 무슨 소용이 있겠니?"

날이 점점 밝아졌다. 앨리스가 말했다.

"까마귀가 날아갔나 봐요. 까마귀가 가서 정말 기뻐요! 저는 밤이 된 줄 알았어요."

여왕이 말했다.

"나도 기뻐할 수 있다면 좋겠구나! 나는 그 규칙이 절대 기억나지 않아. 너는 이 숲에 살면서 네게 좋은 일이 생길 때마다 기뻐하며 행복해하겠구나."

앨리스가 우울한 목소리로 말했다.

"하지만 여기에선 너무 외로워요!"

외롭다는 생각을 하자 굵은 눈물방울이 뺨 위로 두 방울 떨어졌다. 불쌍한 여왕이 당황해서 두 손을 움켜잡고 소리쳤다.

"오, 그러지 마! 네가 얼마나 멋진 아이인지 생각해봐. 네가 오늘 얼마나 먼 길을 왔는지 생각해보렴. 지금이 몇 시인지 떠올려봐. 뭐든 생각해봐. 제발 울지만 말라고!"

앨리스는 이 말에 눈물을 흘리는 와중에도 웃음이 나왔다. 앨리스가 물었다.

"여왕님은 다른 일들을 생각하면 울지 않을 수 있으신가요?"

여왕이 대단한 결심을 한 듯 말했다.

"그럼, 물론이지. 누구도 한 번에 두 가지 일을 할 수는 없단다. 네 나이를 생각하는 것부터 시작해보자.

너는 몇 살이지?"

"일곱 살 하고 반이에요, 정확히."

여왕이 말했다.

"'정확히'라고 말할 필요 없단다. 그 말을 하지 않아도 나는 믿으니까. 이제 내가 너한테 믿을 만한 이야기를 해주마. 나는 백한 살 하고 다섯 달 하루를 살았단다."

앨리스가 말했다.

"믿을 수 없어요!"

여왕이 동정하는 목소리로 말했다.

"믿을 수 없다니? 그러면 다시 생각해봐. 숨을 길게 내쉬어봐. 눈을 감고."

앨리스는 소리 내어 웃었다.

"노력한다고 되는 일이 아니에요. 불가능한 것들을 믿을 수는 없어요."

여왕이 말했다.

"제대로 연습하지 않아서 그래. 내가 네 나이였을 때는 날마다 30분씩 연습했단다. 가끔은 아침을 먹기 전에 불가능한 일 여섯 가지를 믿었어.

어머, 숄이 다시 날아가잖아!"

여왕이 말하는 동안 브로치가 풀렸고, 갑자기 세찬 바람이 불어와 여왕의 숄이 작은 시냇물 너머로 날아갔다. 여왕은 다시 두 팔을 벌리고 숄을 쫓아서 날아갔다. 그리고 마침내 숄을 붙잡았다.

"내가 잡았어!"

여왕이 의기양양하게 외쳤다.

"이제 나 혼자서 핀을 다시 꽂는 걸 보렴!"

"그러면 이제 여왕님 손가락은 나았겠네요?"

앨리스는 매우 공손하게 말하면서 여왕을 따라 작은 시냇물을 건넜다.

여왕의 목소리가 점점 더 날카로워졌다.

"아, 훨씬 좋아졌지! 훨씬 좋-아! 좋-아-아-아!"

마지막 말은 긴 울음소리로 끝이 났다. 그 소리가 양 울음소리와 너무 비슷해서 앨리스는 깜짝 놀랐다. 앨리스는 여왕을 쳐다보았다. 여왕이 갑자기 양털로 온몸을 감고 있는 것처럼 보였다. 앨리스는 자신의 두 눈을 비빈 뒤 다시 여왕을 쳐다보았다. 도무지 무슨 일이 일어난 것인지 알 수가 없었다. 앨리스가 가게에 있었던가? 정말로, 정말로 이 계산대 반대편에 앉아 있는 것은 양이란 말인가? 앨리스는 두 눈을 비비는 것 외에는 달리 할 수 있는 일이 없었다. 어둡고 작은 가게 안에서 앨리스는 계산대에 팔꿈치를 기대고 서 있었다. 그 맞은편에는 나이든 양 한 마리가 팔걸이가 있는 의자에 앉아 뜨개질하고 있었다. 그러다 가끔 뜨개질을 멈추고 커다란 안경 너머로 앨리스를 쳐다보았다. 마침내 그 양이 잠시 뜨개질을 멈추고 고개를 들더니 입을 열었다.

"무엇을 사겠니?"

앨리스는 아주 온순하게 대답했다.

"아직 잘 모르겠어요. 저는 우선 여기를 전부 둘러보고 싶어요, 괜찮으시다면요."

양이 말했다.

"네가 원한다면 네 앞과 양옆을 볼 수 있단다. 하지만 전부 둘러볼 수는 없어. 네 뒤통수에 눈이 달렸지 않는 한 말이지."

물론 앨리스의 뒤통수에 눈이 달려 있지는 않았다. 그래서 앨리스는 몸을 돌려 가게를 둘러보는 것에 만족했다. 앨리스는 선반들에 가까이 다가가 살펴보았다. 그 가게는 신기한 물건들로 가득했다. 하지만 이상하게도 앨리스가 무엇이 있는지 보려고 어떤 선반을 열심히 쳐다보면 그 선반은 언제나 비어 있었다. 대신 그 선반 주위의 다른 선반들에 물건들이 가득 차 있었다. 앨리스는 인형처럼 보이기도 했다가, 또 가끔은 반짇고리처럼 보이는 커다랗고 반짝이는 물건을 쫓느라 1분 정도를 허무

하게 보냈다. 그런 다음 슬픔에 잠긴 목소리로 말했다.

"물건들이 움직이고 있어!"

앨리스가 보고 싶던 물건은 쳐다보던 선반 위의 선반에 가 있었다.

"이거 정말 약 오르는 일이잖아. 하지만 내가 말하는데……."

앨리스는 갑자기 어떤 생각이 떠올라서 덧붙여 말했다.

"제일 위에 있는 선반까지 저 물건을 따라가야겠어. 저 물건 이 천장까지 뚫고 나가진 않겠지!"

하지만 이 계획은 실패했다. 그 '물건'은 조용히 천장을 통과 해 나갔다, 마치 늘 그랬던 것처럼. 양이 다른 바늘 한 쌍을 집 어 들면서 말했다.

"너는 어린아이니? 아니면, 팽이니? 네가 지금처럼 계속 돌아 다닌다면 난 어지러워 쓰러지겠구나."

양은 이제 한 번에 바늘 열네 쌍을 들고 뜨개질을 하고 있었 다. 앨리스는 깜짝 놀라 양을 쳐다보았다. 어리둥절한 앨리스 가 생각했다.

'어떻게 한꺼번에 저렇게 많은 바늘로 뜨개질을 할 수가 있 지? 점점 고슴도치처럼 변하고 있어!'

양이 뜨개질바늘을 앨리스에게 건네며 물었다.

"노를 저을 줄 아니?"

"네, 조금은요. 하지만 땅 위에서는 아니고요. 그리고 바늘로 도 못 저어요."

이 말을 하는데, 앨리스의 손에서 갑자기 그 바늘들이 노로 바뀌었다. 앨리스와 양은 이제 작은 배를 타고 강둑 사이를 미끄러져 나가고 있었다. 앨리스는 최선을 다해 노를 저을 수밖에 없었다. 양이 다른 뜨개질바늘 한 쌍을 들고 소리쳤다.

"깃털!"

이 말에 대답할 필요는 없어 보였다. 그래서 앨리스는 아무 대답도 하지 않고 계속 노를 저었다. 앨리스는 그 강물이 무척 이상하다고 생각했다. 가끔 노가 물속으로 빨려 들어가서 다시 꺼내기가 굉장히 힘들었다. 양이 바늘을 더 많이 집어 들고는 다시 외쳤다.

"깃털! 깃털로! 곧장 게를 잡을 거야."

앨리스는 생각했다.

'작은 게라니! 잡으면 좋겠는데.'

양이 화가 난 목소리로 바늘 뭉치를 들고 소리쳤다.

"내가 '깃털'이라고 말하는 거 못 들었니?"

앨리스가 대답했다.

"들었어요. 자주 말씀하셨잖아요. 그것도 아주 큰 소리로요. 게들이 어디 있는지 알려주시겠어요?"

양은 이제 손에 바늘을 너무 많이 들고 있어서 몇 개는 머리카락에 꽂으면서 말했다.

"당연히 물속에 있지! 깃털이라고 내가 말하잖니!"

앨리스가 결국 짜증을 내며 물었다.

"도대체 왜 자꾸 저한테 '깃털'이라고 말씀하시는 거예요? 저는 새가 아니란 말이에요!"

양이 말했다.

"맞잖아. 너는 작은 거위잖아."

앨리스는 이 말 때문에 약간 화가 났다. 그래서 잠시 아무런 대화도 나누지 않았다. 그 사이, 배는 부드럽게 미끄러져 나갔다. 때로는 수초 사이를 지나갔고(이것 때문에 노들이 물속에서 꼼짝하지 못했고 갈수록 그런 현상이 심해졌다), 때로는 나무 아래를 지나갔다. 그렇지만 그들의 머리 위로는 언제나 똑같이 높은 강둑이 있었다.

앨리스가 소리쳤다. 갑자기 목소리에 기쁨이 실려 있었다.

"어머, 부탁이에요! 저기에 향기 나는 골풀이 있어요! 정말, 정말 예뻐요!"

양은 뜨개질을 하면서 고개를 들지도 않은 채 말했다.

"그것 때문에 나한테 '부탁'할 필요는 없단다. 내가 그것들을 저기에 심은 게 아니란다. 그걸 가져가지도 않을 거야."

앨리스가 애원했다.

"아니요, 제 말은요. 부탁한다고요. 잠시 배를 세우는 게 괜찮으시면, 저 골풀을 꺾어가도 될까요?"

양이 말했다.

"내가 어떻게 배를 멈추겠니?
네가 노를 그만 저으면 배는 저절로 멈출 거야."

배는 강을 떠내려가다가 흔들리는 골풀 사이로 천천히 흘러갔다. 앨리스는 조심스럽게 소매를 걷어 올린 다음, 골풀을 잡으려고 얇은 팔을 팔꿈치까지 물속에 담갔다. 잠시 앨리스는 양과 뜨개질을 모두 잊어버렸다. 배 옆으로 몸을 숙여 엉켜버린 머리카락 끝이 물속에 빠졌다. 앨리스는 진지한 눈빛을 반짝이며 향기 나는 소중한 골풀을 한 다발 더 꺾었다. 앨리스가 혼자 중얼거렸다.

'배가 뒤집히지 말아야 하는데! 아, 정말 아름다워! 그런데 손이 더 닿질 않아.'

그것은 분명히 조금 짜증 나는 일이었지만('꼭 일부러 이렇게 만든 것만 같아'라고 앨리스는 생각했다) 앨리스는 이미 많은 양의 아름다운 골풀을 꺾었다. 그 배는 다시 떠내려가기 시작했고, 더 아름다운 골풀들은 언제나 앨리스의 손이 닿지 않는 곳에 있었다.

마침내 앨리스가 말했다.

"가장 아름다운 건 늘 저 멀리에 있어!"

앨리스는 먼 곳에서 자라는 고집스러운 골풀을 보며 한숨을 내쉬었다. 뺨은 붉게 상기된 채 머리카락과 손에서는 물이 뚝뚝 떨어졌다. 앨리스는 원래 앉아 있던 자리로 재빨리 되돌아와 새로 발견한 보물들을 가지런히 놓기 시작했다. 이때 문제가 발생했다. 그 골풀들이 향기와 아름다움을 잃고 점차 사라지기 시작한 것이었다.

앨리스가 골풀을 꺾는 순간부터였을까? 현실에서도 골풀의 향기는 잠시 지속한다. 하지만 이 꿈같은 세계에서 골풀은 앨리스의 발치에 쌓이는 순간 눈처럼 녹아 없어졌다. 그러나 앨리스는 다른 많은 이상한 일들을 생각하느라 이 사실을 알아채지도 못했다. 그리 멀리 가지 않아 노 하나가 또 물에 빠져 다시 나오지 못했다(앨리스는 나중에 그것을 이렇게 설명했다). 앨리스의 턱 아래에 그 노의 손잡이가 끼었다. 불쌍한 앨리스는 '오, 오, 오!' 하며 날카로운 비명을 짧게 질렀지만, 곧바로 골풀 더미로 쓰러졌다.

그러나 앨리스는 조금도 다치지 않았고, 이내 다시 일어나 앉았다. 그동안 양은 아무 일도 없다는 듯 뜨개질을 계속하고 있었다. 앨리스가 자기 자리로 돌아와 물에 빠지지 않고 배에 무사히 있게 되어 다행이라며 안도하고 있을 때 양이 말했다.

"네가 잡은 건 멋진 게였단다!"

앨리스는 조심스럽게 배 옆으로 몸을 기울여 어두운 물속을 내려다보았다.

"게였다고요? 저는 보지 못했는데요. 게를 놓치지 않았으면 좋았을 텐데요. 저는 작은 게를 집에 가져가고 싶거든요!"

하지만 양은 비웃으면서 계속 뜨개질을 할 뿐이었다. 앨리스가 말했다.

"이곳에는 게가 많이 있나요?"

양이 대답했다.

"게들. 그리고 온갖 것들이 있지. 많은 선택을 할 수 있단다. 그러니 결정만 하면 돼. 이제 너는 무엇을 사겠니?"

"살게요!"

앨리스는 놀람과 두려움이 반반씩 섞인 목소리로 대답했다. 그 순간 노와 배, 강은 전부 사라져버렸고, 앨리스는 다시 어둡고 작은 가게 안에 있었다. 앨리스가 주저하며 말했다.

"저는 달걀을 사고 싶어요. 그것들을 얼마에 파시나요?"

양이 대답했다.

"하나에 5펜스, 두 개에 2펜스란다."

앨리스가 지갑을 꺼내다가 깜짝 놀라 물었다.

"그러면 두 개가 하나보다 더 싸잖아요?"

양이 말했다.

"두 개를 사면 두 개 다 먹어야 해."

앨리스가 계산대에 돈을 내려놓으면서 말했다.

"그럼 저는 하나만 살래요."

앨리스는 생각했다.

'여기 달걀들은 상태가 좋지 않을 거야.'

양은 돈을 받아 상자 속에 넣었다. 그런 다음 양이 말했다.

"나는 절대로 물건을 사람들 손에 바로 주지 않아. 절대 그러지 않지. 네가 직접 달걀을 가져가거라."

양은 그렇게 말한 다음, 가게의 한쪽 끝으로 가더니 달걀 하나를 선반 위에 똑바로 올려두었다. 앨리스는 생각했다.

'왜 저러는 걸까?'

앨리스는 탁자와 의자들 사이를 더듬으면서 걸어가야 했다. 그 가게는 끝으로 갈수록 너무 어두웠기 때문이다.

'내가 앞으로 걸어갈수록 달걀이 더 멀어지는 것 같아. 보자, 이게 의자인가? 어머, 여기에 나뭇가지가 있잖아! 여기에 나무가 자라고 있다니 너무 이상해! 그리고 여기에는 작은 시냇물도 있네! 이곳은 내가 본 곳 중에 가장 이상한 가게야!'

앨리스는 한 걸음씩 내디딜 때마다 점점 더 궁금해졌다. 앨리스가 가까이 다가가는 순간, 모든 것이 나무로 변해버렸다. 앨리스는 그 달걀도 똑같이 변할 것으로 생각했다.

6. 험프티 덤프티

달걀은 점점 더 커지더니 점점 사람의 모습으로 변했다. 앨리스가 몇 미터 이내로 가까이 다가가자 달걀에 눈, 코, 입이 있는 게 보였다. 앨리스는 바짝 다가가서 자세히 살펴보았다. 놀랍게도 그 달걀은 험프티 덤프티(영국의 전래동요에 등장하는 달걀 모양의 사람 – 옮긴이)였다. 앨리스가 중얼거렸다.

'다른 사람일 리가 없어! 얼굴 전체에 그의 이름이 쓰여 있는 것처럼 분명한 사실이야!'

험프티 덤프티의 얼굴은 워낙 커서 백 번은 넘게 그의 이름을 쓸 수 있을 것이다. 그는 터키 사람처럼 다리를 꼬고 높은 담벼락에 앉아 있었다. 그렇게 좁은 담벼락에서 어떻게 균형을 유지하며 앉아 있을 수 있는지 앨리스는 굉장히 신기해했다. 험프티 덤프티는 줄곧 앨리스의 반대편에 시선을 고정하고 있어서 그녀에게는 조금도 관심이 없는 것처럼 보였다. 앨리스는 그가 박제된 게 틀림없다고 생각했다. 앨리스는 험프티 덤프티가 여차하면 떨어질 것만 같아서 손으로 그를 받을 준비를 하고 큰 소리로 말했다.

"정말 달걀과 똑같이 생겼잖아!"

긴 침묵 뒤 험프티 덤프티는 앨리스를 쳐다보지 않은 채 말했다.

"달걀이라고 부르다니 정말 짜증 나는군. 정말로!"

앨리스가 부드럽게 설명했다.

"제 말은 당신이 달걀과 닮았다는 거였어요."

앨리스가 칭찬처럼 들리길 바라는 마음에 한마디 더 덧붙였다.

"그리고 어떤 달걀들은 정말 예쁘잖아요."

험프티 덤프티는 여전히 앨리스에게 눈길을 주지 않은 채 말했다.

"어떤 사람들은 아기보다 더 생각이 없지!"

앨리스는 이 말에 뭐라고 대답해야 할지 몰랐다. 험프티 덤프티는 앨리스를 보고 말을 하지 않았기 때문에 앨리스는 그것이 대화라고 생각하지 않았다. 사실 그의 마지막 말은 분명히 나무를 보고 한 말이었다. 그래서 앨리스는 가만히 서서 조용히 혼자 되뇌었다.

'험프티 덤프티가 벽 위에 앉아 있었네.
험프티 덤프티가 심하게 떨어졌네.
왕의 말들과 신하들이 모두 와도
험프티 덤프티를 다시 되돌릴 수 없었네.'

험프티 덤프티가 자신의 말을 듣고 있다는 사실을 잊어버린 채 앨리스가 큰 소리로 말했다.

"마지막 구절은 시치고는 너무 길어."

험프티 덤프티가 처음으로 앨리스를 바라보며 말했다.

"그렇게 서서 혼자 중얼거리지 말고, 네 이름과 이곳에 무슨 일로 왔는지 말해봐."

"제 이름은 앨리스예요. 그런데……."

험프티 덤프티가 앨리스가 말하는 도중에 성급하게 끼어들었다.

"정말 바보 같은 이름이구나! 그 이름 뜻은 뭐니?"

앨리스가 확신 없이 물었다.

"이름에 꼭 무슨 뜻이 있어야 하나요?"

험프티 덤프티가 짧게 웃으며 말했다.

"물론 있어야지. 내 이름은 내 모습을 의미한단다. 잘생긴 모습 말이야. 너 같은 이름이면 어떤 모양도 될 수 있을 거야."

말다툼을 하고 싶지 않아서 앨리스는 질문을 했다.

"당신은 왜 여기에 혼자 앉아 있나요?"

험프티 덤프티가 소리쳤다.

"아무도 나와 같이 있지 않으니까 그렇지! 내가 그 질문에 대답하지 못할 거로 생각했니? 다른 질문을 해."

앨리스가 다른 질문은 생각나지 않아서 그 이상한 생명체에 대한 선의의 걱정으로 말했다.

"땅에 내려오는 게 더 안전하다고 생각하지 않나요? 그 담벼락은 너무 비좁잖아요!"

험프티 덤프티가 퉁명스럽게 말했다.

"엄청나게 쉬운 질문만 하는구나! 물론 나는 그렇게 생각하지 않아! 설사 내가 떨어진다고 해도, 그런 일은 없겠지만, 하지만 떨어진다면……."

이때 그는 입술을 오므리고 너무 엄숙하고 진지한 표정을 지어 보이는 바람에 앨리스는 하마터면 웃음을 터뜨릴 뻔했다. 그가 계속 말했다.

"만약 내가 떨어진다면, 왕이 내게 약속을 했어. 아, 네가 원한다면 놀라도 돼! 너는 내가 무슨 말을 할지 짐작도 하지 못했을 테니까. 왕은 내게 약속했어, 왕의 입으로 직접 말했다고."

앨리스가 어리석게도 또 한 번 끼어들고 말았다.

"왕의 말들과 신하들을 모두 보내준다고요."

험프티 덤프티는 갑자기 소리를 질렀다.

"너는 정말 나쁜 아이구나! 문에서 엿듣고 있었어. 아니면, 나무 뒤에서 듣고 있었지? 아니면 굴뚝 아래에서? 그게 아니라면, 네가 그 사실을 알 리가 없잖아!"

앨리스는 차분하게 말했다.

"정말로 엿듣지 않았어요! 책에서 읽었다고요."

험프티 덤프티가 조금 차분해진 목소리로 말했다.

"아, 잘됐군! 그런 내용도 책에 썼나 보군. 그게 바로 네가 '영국의 역사'라고 부르는 것이지. 이제 나를 자세히 봐! 내가 왕과 직접 이야기를 한 사람이라고, 내가. 너는 그런 사람을 또다시 볼 수는 없을 거야. 나는 거만한 사람이 아니니까 나와 악수를 하고 싶으면 해도 좋아!"

그러고 나서 험프티 덤프티는 입이 거의 귀에 닿을 정도로 미소를 지으며 몸을 앞쪽으로 기울여서(그렇게 하느라 그는 담벼락에서 거의 떨어질 뻔했다) 앨리스에게 자기 손을 내밀었다. 앨리스는 약간 불안하게 지켜보면서 그의 손을 잡았다. 앨리스는 생각했다.

'저렇게 조금만 더 크게 웃다가는 그의 입꼬리가 뒤통수에서 만나겠어. 그러면 그의 머리는 어떻게 될까! 그러다가 머리가 잘리는 게 아닐까?'

험프티 덤프티가 계속 말했다.

"그래, 왕의 말들과 신하들이 모두. 그들이 곧바로 나를 구해 줄 거야. 그들이 꼭 그럴 거라고! 그런데 이 대화가 너무 빠르게 지나간 것 같구나. 마지막에 했던 말로 돌아가자."

앨리스가 예의 바르게 말했다.

"죄송하지만 무슨 말이었는지 기억나지 않아요."

험프티 덤프티가 말했다.

"그런 경우라면 우리가 새로 시작하면 돼. 이번에는 내가 대화 주제를 정할 차례야('그는 이게 게임인 것처럼 이야기하고 있어'라고 앨리스는 생각했다). 너에게 질문을 할 거야. 너는 몇 살이라고 말했지?"

앨리스가 짧게 계산하고 말했다.

"일곱 살하고 여섯 달이요."

험프티 덤프티가 의기양양하게 소리쳤다.

"틀렸어! 넌 그런 말을 한 적이 없어!"

앨리스가 설명했다.

"저는 '너는 몇 살이니?'라고 묻는 줄 알았어요."

험프티 덤프티가 말했다.

"내가 그럴 작정이었다면 그렇게 물었겠지."

앨리스는 또다시 말싸움하기 싫어서 아무 말도 하지 않았다. 험프티 덤프티는 생각에 잠긴 채 앨리스의 대답을 따라 말했다.

"일곱 살하고 여섯 달이라! 참 불편한 나이구나. 네가 내 조언을 구한다면, 나는 '일곱 살에서 그만둬'라고 말하겠어. 하지만 이제는 너무 늦었구나."

앨리스가 화를 내며 말했다.

"저는 나이 드는 것에 대해 조언을 구하지 않아요."

험프티 덤프티가 물었다.

"너무 거만한 거 아니니?"

앨리스는 이 말에 더 화가 났다.

"제 말은 나이를 먹는 것은 사람이 어쩔 수 없는 일이라는 뜻이에요."

험프티 덤프티가 말했다.

"한 사람은 어쩔 수 없겠지. 하지만 두 사람은 할 수 있어. 적절한 도움을 받는다면 너도 일곱 살에서 그만둘 수 있었어."

앨리스가 불쑥 말을 꺼냈다.

"허리띠가 정말 멋지네요!"

(앨리스는 나이를 주제로 한 이야기는 이제 충분히 했다고 생각했다. 그들이 정말로 차례대로 주제를 선택한다면, 이번에는 앨리스가 주제를

정할 차례였다.)

앨리스는 다시 생각해보고 말을 정정했다.

"멋진 스카프라고 말해야 하는 건데, 아니요, 허리띠요. 아,
제 말은…… 정말 죄송해요!"

험프티 덤프티가 화난 표정이어서 앨리스는 당황했다. 그리
고 그 주제를 선택하지 말았어야 했다고 후회하면서 마음속으
로 생각했다.

'어디가 목이고, 어디가 허리인지 내가 알기만 했어도.'

결국 험프티 덤프티는 몹시 화가 나서 잠시 아무 말도 하지 않았다. 그가 다시 말을 꺼냈을 때 그의 목소리는 으르렁거림에 가까웠다. 그가 마침내 입을 열었다.

　　"정말 짜증 나는 일이야. 허리띠와 스카프를 구분하지 못하다니 말이야!"

"맞아요. 제가 너무 무식했어요."

앨리스가 겸손하게 말하자 험프티 덤프티의 화가 누그러졌다.

"이건 스카프란다, 애야. 네가 말한 대로 멋지지. 하얀 왕과 여왕이 주신 선물이란다. 진짜야!"

앨리스는 적당한 대화 주제를 선택했다는 생각에 기뻤다.

"정말이에요?"

험프티 덤프티는 다리를 꼬고 그 위에 손을 올린 채 생각에 잠긴 듯 이어서 말했다.

"왕과 여왕이 내게 줬어. 그들이 내게 줬지. 생일이 아닌 날 선물로 말이야."

앨리스가 당황해서 물었다.

"죄송하지만, 무슨 말씀이신지?"

험프티 덤프티가 말했다.

"나는 화나지 않았어."

"생일이 아닌 날 선물이 뭐예요?"

"물론, 생일이 아닌 날 주는 선물이지."

앨리스는 잠시 생각해보았다. 그러고 나서 말을 꺼냈다.

"저는 생일 선물이 제일 좋아요."

험프티 덤프티가 소리쳤다.

"너는 네가 지금 무슨 말을 하고 있는지도 모르지! 1년이 며칠이나 되지?"

앨리스가 대답했다.

"365일요."

"그럼 생일은 며칠이지?"

"하루요."

"그럼 365일에서 하루를 빼면 얼마가 남지?"

"당연히 364일이 남죠."

험프티 덤프티는 의심스러운 표정을 지었다.

"종이에 적어서 보는 게 낫겠어."

앨리스는 자신의 공책을 꺼내면서 웃을 수밖에 없었다. 그리고 그에게 계산을 적어서 보여주었다.

$$
\begin{array}{r}
365 \\
- \ 1 \\
\hline
364
\end{array}
$$

험프티 덤프티는 그 공책을 받아들고 유심히 들여다보았다.

"맞게 계산한 것처럼 보이는군."

앨리스가 끼어들었다.

"공책을 거꾸로 들고 있잖아요!"

앨리스가 공책을 바로 해주자, 험프티 덤프티가 명랑하게 말했다.

"그럼 그렇지! 나도 그게 조금 이상하다고 생각했어. 내가 말했듯이, 계산은 제대로 한 것 같군. 지금 더 자세히 살펴볼 시간이 없지만. 생일 아닌 날 선물을 받을 수 있는 날이 364일 있다고 보여주잖아."

앨리스가 말했다.

"그건 분명하죠."

"생일 선물은 단 한 번만 받을 수 있다는 걸 너도 알겠군. 영광이지!"

앨리스가 말했다.

"'영광'이 무슨 의미인지 저는 모르겠어요."

험프티 덤프티는 거만한 표정으로 미소 지었다.

"물론 넌 내가 말해주기 전까지 알지 못할 거야. 그건 '논쟁에서 멋지게 이겼다'는 뜻이거든!"

앨리스가 반박했다.

"하지만 '영광'은 '논쟁에서 멋지게 이겼다'는 뜻이 아니잖아요."

험프티 덤프티는 더 경멸하는 말투로 말했다.

"내가 어떤 단어를 사용하면, 그 단어는 내가 선택한 뜻을 의미하는 거야. 그 이상도, 그 이하도 아니야."

앨리스가 말했다.

"그런데 문제는 당신이 단어들을 너무 다른 뜻으로 만든다는 거예요."

험프티 덤프티가 말했다.

"문제는 누가 주인이 되는가라고, 그게 다야."

앨리스는 너무 혼란스러워서 아무 말도 하지 못했다. 잠시 후 험프티 덤프티가 다시 말했다.

"단어들에게도 성격이 있어. 어떤 아이들은, 특히 동사가 그래. 동사들은 자존심이 대단히 세지. 형용사들과는 무엇이든 할 수 있지만 동사는 그럴 수 없어. 하지만 나는 그것들을 모두 다룰 수 있다고! 불가해! 그게 내가 하고 싶은 말이야!"

앨리스가 물었다.

"그게 무슨 뜻인지 말씀해주시겠어요?"

험프티 덤프티는 만족스러운 표정을 지으며 말했다.

"이제야 네가 생각이 있는 아이처럼 말하는구나. '불가해'라는 말은 우리가 그 주제를 충분히 이야기했다는 뜻이야. 네 남은 인생을 모두 여기에서 멈추려는 게 아니라면 그다음으로 넘어가는 게 좋겠다는 뜻이야."

앨리스는 생각에 잠긴 목소리로 말했다.

"한 단어에 상당히 많은 의미가 들어 있네요."

험프티 덤프티가 말했다.

"한 단어에 그렇게 많은 일을 하게 하면 나는 늘 추가 비용을 지급한단다."

앨리스가 말했다.

"아!"

앨리스는 너무 혼란스러워서 다른 말은 할 수가 없었다. 험프티 덤프티가 자기 머리를 용감하게 좌우로 흔들며 계속 말했다.

"네가 토요일 저녁에 단어들이 내게 오는 걸 봐야 하는데…… 월급을 타려고 오거든."

(앨리스는 무엇으로 그들에게 월급을 주느냐고 도저히 물어볼 자신이 없었다. 그래서 나도 여러분들에게 그것을 말해줄 수가 없다.)

앨리스가 말했다.

"단어 설명을 아주 똑똑하게 잘하시는 것 같아요. 혹시 '재버워키'라는 시의 뜻을 알려주실 수 있나요?"

험프티 덤프티가 말했다.

"그럼 우선 들어나 보자. 나는 이미 창작된 시들은 모두 설명할 수 있거든. 아직 다 지어지지 않은 상당히 많은 시들까지도."

이 말은 상당히 희망적이어서 앨리스는 첫 번째 연을 외웠다.

"구을녘, 유끈한 토브들이
사방팔방길을 빙돌고 구뚫고 있었네.
보로고브들은 모두 구불쌍했네.
집부터 레스들은 우휘부네."

험프티 덤프티가 중간에 끼어들었다.

"그 정도면 충분해. 그 시에는 어려운 단어들이 엄청 많이 들어갔구나. '구을녘'이란 것은 오후 네 시를 의미해. 네가 저녁으로 뭔가를 굽기 시작하는 시간이지."

앨리스가 물었다.

"그런 뜻이었군요. 그럼 '유끈한'은요?"

"그 단어의 뜻은 '유연하고 끈적끈적하다'라는 뜻이야. '유연하다'는 '활동적이다'와 같은 말이. 양쪽으로 열리는 여행 가방 같은 거라고 보면 돼. 한 단어에 두 가지 의미가 들어 있는 거야."

앨리스가 생각에 잠긴 채 말했다.

"이제 알겠어요. 그러면 '토브'는 무슨 뜻인가요?"

"그건 오소리 같은 거야. 도마뱀과 비슷하고 코르크 마개 뽑기와도 비슷하게 생겼어."

"그러면 굉장히 이상하게 생긴 동물이겠군요."

험프티 덤프티가 말했다.

"그렇지. 또 그들은 해시계 아래에 둥지를 만들어, 치즈를 먹고 살고."

"그럼 '빙돌다'와 '구뚫다'는 뭐예요?"

"'빙돌다'는 자이로스코프(회전체의 역학적인 운동을 관찰하는 실험기구 - 옮긴이)처럼 빙글빙글 도는 거야. '구뚫다'는 송곳처럼 구멍을 낸다는 뜻이고."

"그러면 '사방팔방길'은 해시계 주위의 잔디밭이겠군요?"

앨리스는 자신의 기발함에 스스로 놀랐다.

"물론 그렇지. 해시계 앞에도 길게 길이 있고 그 뒤에도 길게 길이 있어서 '사방팔방길'이라고 부르지."

앨리스가 덧붙였다.

"각 방향으로 먼 길이 있죠."

"그렇지. 그리고 '구불쌍하다'는 '구질구질하고 불쌍하다'는 뜻이야(이것도 양쪽으로 열리는 여행 가방 같은 거지). '보로고브'는 깃털이 사방으로 튀어나와서 살아 있는 빗자루처럼 보이는 마르고 초라한 새를 뜻하는 거야."

앨리스가 말했다.

"'집부터 레스'요? 제가 너무 귀찮게 해서 죄송해요!"

"'레스'는 일종의 초록색 돼지야. 하지만 '집부터'는 나도 확실히 모르겠어. '집에서부터'의 줄임말이 아닐까 싶어. 그들이 길을 잃었다는 뜻인 것 같거든."

"그러면 '우휘부네'의 뜻은요?"

"'우휘부네'는 우렁차게 외치는 소리와 휘파람 부는 소리의 중간쯤이야. 그사이에 재채기도 하지. 네가 저기 보이는 숲에 가면 그런 소리를 듣게 될 거야. 네가 그 소리를 들어보면 잘 알 수 있을 텐데. 그런데 누가 이렇게 어려운 시를 너에게 알려줬니?"

앨리스가 대답했다.

"책에서 읽었어요. 하지만 저는 이것보다 훨씬 쉬운 시도 들었어요. 그건 트위들디한테 들은 거예요."

험프티 덤프티가 커다란 한쪽 손을 뻗으며 말했다.

"너도 알겠지만, 시에 관해서라면 나도 다른 사람들만큼 잘 외울 수 있지. 그러면……."

앨리스는 그가 시를 외우지 않았으면 하는 마음에 서둘러 끼어들었다.

"아, 그러실 필요는 없어요!"

하지만 험프티 덤프티는 앨리스의 말을 무시하고 계속 이야기했다.

"지금 외우려는 시는 내가 너를 즐겁게 해주려고 지은 시야."

앨리스는 그런 경우라면 자신이 그 시를 꼭 들어야 한다고 생각했다. 그래서 자리에 앉아 서글픈 목소리로 말했다.

"고맙습니다!"

"겨울에 들판이 온통 하얗게 변하면,
나는 너를 기쁘게 해주려고 이 노래를 부르네."

험프티 덤프티가 덧붙여 설명했다.

"하지만 나는 노래를 부르지는 않아."

앨리스가 말했다.

"그럴 거로 생각했어요."

험프티 덤프티는 진지하게 말했다.

"내가 노래를 부르는지 안 부르는지 알 수 있다니, 너는 매우 예리한 눈을 가졌구나!"

앨리스는 아무 대답도 하지 않았다.

"봄에 숲이 초록빛으로 물들어가면
나는 내 뜻을 너에게 설명하려고 할 것이네."

앨리스가 말했다.
"정말 고맙습니다!"

"여름에 해가 길어지면
아마도 너는 그 노래를 이해할 것이네.

가을에 나뭇잎들이 갈색으로 변하면
펜과 잉크를 들고 그 노래를 받아 적어라."

앨리스가 말했다.
"제가 이 시를 아주 오랫동안 기억할 수 있다면, 그럴게요."
험프티 덤프티가 말했다.
"그런 식으로 대답할 필요 없어. 정말 생각 없는 행동이야. 나한테 방해만 된다고."

"나는 물고기에게 소식을 전했지.
그들에게 말했네.
'이것이 내가 원하는 것이야.'

바다의 작은 물고기들은
나에게 다시 답을 보냈지.

작은 물고기들의 대답은
'우리는 그럴 수 없습니다, 왜냐하면…….'"

앨리스가 말했다.
"죄송하지만, 저는 이해를 못 하겠어요."
험프티 덤프티가 대답했다.
"앞으로 점점 더 쉬워져."

"나는 그들에게 다시 소식을 전했지.
'복종하는 게 좋을 거야.'

물고기들은 비웃으면서 대답했네.
'저 성질 좀 봐요!'

나는 그들에게 한 번 충고했고, 두 번 충고했지.
그들은 충고를 듣지 않았네.

나는 커다란 새 냄비를 가져갔지.
내가 해야 하는 일에 알맞은 것으로.

내 심장이 두근거렸지, 내 심장이 쿵쾅거렸지.
나는 펌프로 냄비에 물을 채웠네.

그때 어떤 사람이 내게 와서 말해주었어.
'그 작은 물고기들이 침대에서 자고 있어요.'

나는 그에게 말했지, 아주 솔직하게 말해주었어.
'그러면 당신이 그 물고기들을 다시 깨워야겠군요.'

나는 아주 큰 소리로 분명하게 말했지.
가까이 다가가 그의 귀에 대고 소리쳤어."

험프티 덤프티는 거의 비명에 가까운 목소리로 이 구절을 외
웠다. 앨리스는 몸서리치며 생각했다.
'아무것도 전하지 말아야지!'

"하지만 그는 아주 뻣뻣하고 거만했지.
그가 말했네. '그렇게 큰 소리로 고함칠 필요가 없어요!'
그리고 그는 아주 거만하고 뻣뻣했지.
그가 말했네. '내가 가서 물고기들을 깨울게요, 만약……'

나는 선반에서 코르크마개 뽑이를 가져왔네.

내가 직접 물고기들을 깨우러 갔지.

그리고 그 문이 잠겨 있는 것을 발견했을 때
나는 문을 당기고 밀고 발로 차고 두드렸지.

그리고 내가 그 문이 닫혀 있는 것을 알았을 때
나는 손잡이를 돌려 보려고 애썼지. 하지만……."

이후 갑자기 긴 침묵이 흘렀다. 앨리스가 조심스럽게 물었다.
"끝난 건가요?"
험프티 덤프티가 대답했다.
"그래, 끝이야. 잘 가."
앨리스는 너무 갑작스럽다고 생각했다. 하지만 그가 확실하
게 의사 표시를 했기 때문에 그곳에 더 머무는 것은 예의가 아
니라고 생각했다. 떠나기로 마음먹은 앨리스는 자리에서 일어
나 그에게 한 손을 내밀었다. 그리고 최대한 활기차게 말했다.
"잘 있어요, 나중에 다시 만날 때까지요!"
험프티 덤프티가 불만 섞인 목소리로 대답하면서 손가락 하
나를 내밀고 흔들었다.
"우리가 다시 만나더라도 나는 너를 알아보지 못할 거야. 너
는 다른 사람들과 너무 똑같이 생겼거든."
앨리스가 생각에 잠긴 목소리로 말했다.

"일반적으로 얼굴을 보면 알 수 있잖아요."

험프티 덤프티가 말했다.

"그게 바로 내 불만이야. 네 얼굴은 다른 사람들 얼굴과 똑같이 생겼거든. 눈 두 개에……(그는 엄지손가락으로 공중에 눈의 자리를 표시했다). 중간에 코가 있고, 그 아래에 입이 있지. 언제나 똑같은 모습이야. 예를 들어, 네가 코 옆에 눈이 두 개 달리고 얼굴 제일 윗부분에 입이 있다면 알아보기 훨씬 더 쉬웠을 거야."

앨리스가 반박했다.

"그럼 보기 싫었을 거예요."

그러나 험프티 덤프티는 두 눈을 감은 채 이런 말만 할 뿐이었다.

"네가 시도해본 뒤 만나자."

앨리스는 그가 다시 말을 할까 봐 잠시 기다렸다. 하지만 그는 눈을 뜨지 않았고, 더는 자신을 신경 쓰는 것 같지도 않아 한 번 더 작별 인사를 했다.

"잘 있어요!"

이 말에도 대답이 없자, 앨리스는 조용히 걸어가기 시작했다. 가면서 혼자 중얼거릴 수밖에 없었다.

'모든 불만족스러운……'

(앨리스는 그렇게 긴 단어를 말하는 것이 위안이 되어서 이 말을 큰 소리로 반복해서 말했다.)

"내가 만났던 모든 불만족스러운 사람들 중에……."

그러나 앨리스는 그 문장을 끝까지 말하지 못했다. 바로 그 순간, 숲 전체가 흔들릴 정도로 크고 요란하게 무언가가 깨지는 소리가 들렸기 때문이다.

7. 사자와 유니콘

다음 순간, 숲속에서 병사들이 달려 나왔다. 처음에는 두세 명이 짝을 지어 나오더니, 그다음에는 열 명, 스무 명이 함께 달려 나왔다. 그리고 마지막에는 그 숲 전체를 채울 정도로 많은 병사가 한꺼번에 달려 나왔다. 그들에게 밟힐까 봐 두려워진 앨리스는 나무 뒤에 숨어서 그들이 지나가는 것을 지켜보았다. 앨리스는 지금껏 살면서 그렇게 자기 발밑을 제대로 확인하지 않는 병사들은 처음 보았다. 그들은 언제나 무언가에 발이 걸려 넘어졌다. 한 명이 넘어질 때마다 다른 병사 몇 명이 그 사람 위로 또 넘어져서 숲속 바닥이 이내 넘어진 병사들로 뒤덮였다.

그다음에는 말들이 나왔다. 발이 네 개인 말들이 병사들보다는 나았다. 하지만 가끔 말들도 발을 헛디뎠다. 그래서 말이 발을 헛디딜 때마다 그 말을 탄 병사가 곧바로 떨어지는 게 일반적인 규칙처럼 보였다. 이런 혼란은 갈수록 더 심해졌다. 앨리스는 그 숲을 빠져나와 넓은 공터에 도착하자 매우 기뻤다. 그곳에서 앨리스는 바닥에 주저앉아 수첩에 뭔가를 바쁘게 쓰고 있는 하얀 왕을 만났다.

왕이 앨리스를 보고는 기쁨에 찬 목소리로 소리쳤다.

"내가 그들을 모두 보냈단다! 애야, 숲을 지나오면서 병사들을 만났니?"

앨리스가 말했다.

"네, 만났어요. 몇천 명은 되겠던데요?"

왕이 수첩을 보면서 말했다.

"4,207명이란다. 그게 정확한 숫자야. 말들은 전부 보내지 못했단다. 두 마리가 경기에 나가고 싶어 했기 때문이지. 그리고 나는 심부름꾼 두 명도 보내지 못했어. 그들은 둘 다 시내에 갔거든. 저 길을 좀 보거라. 그들 중 한 명이라도 보이면 내게 말해다오."

앨리스가 말했다.

"길에는 아무도 안 보여요."

왕이 짜증 내는 말투로 말했다.

"내게도 그런 눈이 있다면 좋을 텐데. 그렇다면 '아무도안'을 볼 수 있을 텐데! 이렇게 먼 거리에서! 이런 빛으로는 진짜 사람들만 볼 수 있거든!"

앨리스는 햇빛을 가리느라 손으로 눈을 그늘지게 한 채 오로지 그 길만 계속 보고 있느라 이 말을 전혀 신경 쓰지 않았다. 마침내 앨리스가 소리쳤다.

"이제 누가 보여요! 그런데 저 사람은 아주 천천히 오고 있어요. 그리고 엄청 이상한 자세로 오고 있어요!"

(그 심부름꾼은 깡충깡충 뛰기도 하고 뱀장어처럼 꿈틀거리면서, 커다란 두 손을 양쪽으로 펼치고 부채를 부치듯이 오고 있었다.)

왕이 말했다.

"전혀! 그는 앵글로 색슨족 심부름꾼이란다. 그리고 저것은 앵글로 색슨족의 자세지. 그는 행복할 때만 저런 행동을 한단다. 그의 이름은 헤이어야."

(왕은 그 이름을 '메이어'와 같은 소리로 발음했다.)

앨리스가 갑자기 말을 꺼냈다.

"저는 H로 시작되는 내 연인을 사랑해요. 왜냐하면 그는 행복하기^{happy} 때문이에요. 나는 H로 시작되는 그를 싫어해^{hate}요. 그는 흉측^{hideous}하니까요. 나는 어, 어, 그에게 햄 샌드위치^{ham-sandwiches}와 건초^{hay}를 먹였어요. 그의 이름은 헤이어예요. 그리고 그가 사는……."

앨리스가 H로 시작하는 도시 이름을 말하지 못하며 주저하고 있었다. 그러는 사이에 자신이 그 놀이에 참여하고 있다는 생각을 하지도 못한 왕이 무심하게 내뱉었다.

"그는 언덕^{hill}에 살지. 다른 심부름꾼의 이름은 하타란다. 너도 알겠지만, 심부름꾼은 꼭 두 명이 있어야 한단다. 갔다가 와야 하니까. 한 명은 가고, 한 명은 와야 하니까 말이지."

앨리스가 물었다.

"죄송하지만, 뭐라고 하셨어요?"

왕이 대답했다.

"죄송할 건 아니야."

앨리스가 말했다.

"그건 제가 이해하지 못했다는 뜻이에요. 왜 한 사람은 가고 한 사람은 오나요?"

왕이 성급하게 말했다.

"내가 너에게 말하지 않았니? 심부름꾼은 꼭 두 명 있어야 한단다. 가지고 오고 가지고 가야 하니까. 한 명은 가져오고, 한 명은 가지고 간단다."

(심부름꾼을 '심부름하다'라는 fetch and carry의 뜻대로 '가지고 오고 가지고 가다'라고 설명하고 있다.—옮긴이)

그 순간, 심부름꾼이 도착했다. 그는 너무 숨이 차서 한마디도 할 수 없었다. 그저 두 손만 흔들 뿐이었다. 그리고 굉장히 두려운 표정으로 가엾은 왕을 쳐다보았다. 왕이 그 심부름꾼의 관심을 다른 데로 돌리고 싶은 마음에 앨리스를 소개했다.

"이 어린 아가씨가 H로 시작하는 너를 사랑한다는구나."

하지만 아무런 소용이 없었다. 앵글로 색슨족의 자세는 계속해서 더 이상하게 변할 뿐이었고, 커다란 두 눈동자를 좌우로 더 사납게 굴렸다. 왕이 말했다.

"너 때문에 내가 불안하구나! 현기증이 난다. 햄 샌드위치를 가져오너라!"

놀랍게도 이 말이 끝나자마자, 심부름꾼은 목에 매고 있던 가방을 열더니 샌드위치를 하나 꺼내 왕에게 건넸다. 그러자 왕은 그 샌드위치를 게걸스럽게 먹어치웠다. 왕이 말했다.

"샌드위치 하나 더!"

심부름꾼이 가방을 살펴보고 나서 말했다.

"이제 건초밖에 남아 있지 않습니다."

왕이 희미하게 속삭이는 소리로 중얼거렸다.

"그러면 건초라도 다오."

앨리스는 왕이 눈에 띄게 회복된 것 같아 기뻤다. 왕이 건초를 우적우적 먹으면서 앨리스에게 말했다.

"어지러울 때는 건초를 먹는 것만 한 게 없지."

앨리스가 제안했다.

"차가운 물을 뿌리는 게 더 나을 것 같아요. 아니면 각성제를 조금 뿌려도 되고요."

왕이 대답했다.

"나는 더 나은 것은 없다고 말하지 않았어. 그것만 한 게 없다고 말했지."

앨리스는 이 말을 부인할 수 없었다. 왕이 심부름꾼에게 건초를 조금 더 달라고 손을 내밀고, 이어서 말했다.

"너는 길에서 누구를 만났느냐?"

심부름꾼이 대답했다.

"아무도 안 만났습니다."

왕이 말했다.

"그렇군. 이 어린 아가씨도 그를 보았단다. 그러니 물론 아무도 안 만난 너보다 더 늦게 걸어오고 있을 것이다!"

심부름꾼이 침울한 목소리로 말했다.

"저는 최선을 다했습니다. 아무도 저보다 더 빨리 걷지 못할 것입니다!"

왕이 말했다.

"그렇겠지. 그렇지 않다면 그가 먼저 여기에 도착했을 테니. 자, 이제 네가 숨을 다 돌린 것 같으니 시내에서 무슨 일이 있었는지 말해보아라."

그 심부름꾼이 손으로 입에다 나팔 모양을 만들더니 몸을 웅크려 왕의 귀에 바싹 대고 말했다.

"조용히 말씀드리겠습니다."

그 이야기를 듣고 싶었던 앨리스는 듣지 못하게 되어 실망스러웠다. 하지만 심부름꾼은 왕의 귀에 속삭이는 게 아니라 목청껏 고함을 질렀다.

"그들이 다시 싸우고 있었습니다!"

가엾은 왕이 깜짝 놀라 펄쩍 뛰어오르고 온몸을 떨면서 소리쳤다.

"너는 이걸 조용히 말한다고 한 거냐? 한 번만 더 이런 짓을 했다가는 내가 네 몸에 버터를 발라버릴 테다! 지진이 난 것처럼 내 골이 흔들리는구나!"

앨리스는 생각했다.

'아주 약한 지진이었을 거야!'

앨리스가 용기를 내어 물어보았다.

"누가 싸우고 있다는 거예요?"

왕이 대답했다.

"물론 사자와 유니콘이지."

"왕관 때문에 싸우는 건가요?"

왕이 말했다.

"그래, 틀림없다. 제일 웃긴 건 내 왕관을 두고 그런다는 사실 이지! 달려가서 그들을 보자꾸나."

그들은 빠르게 달려갔다. 앨리스는 달리면서 오래된 노래 가 사를 중얼거렸다.

"사자와 유니콘이 왕관을 두고 싸우고 있었네.
사자가 시내 곳곳에서 유니콘을 때렸네.
어떤 이들은 그들에게 흰 빵을 주었고, 어떤 이들은 갈색 빵을 주었다네.
어떤 이들은 그들에게 건포도 케이크를 주고 북을 두드려 그들 을 시내에서 쫓아버렸네."

앨리스는 빠르게 달리느라 숨이 찼지만, 간신히 물어보았다.

"누가…… 이겨서…… 그…… 왕관…… 을…… 차지하 게…… 되나요?"

왕이 말했다.

"맙소사, 아니란다! 그런 생각을 하다니!"

앨리스가 좀 더 뛴 다음 숨을 헐떡이며 물었다.

"괜찮으시면 숨을 조금 돌릴 수 있도록 1분만 쉬었다 가면 안 될까요?"

왕이 말했다.

"나는 괜찮지! 하지만 강한 사람은 아니란다. 1분은 무섭도록 빨리 지나간단다. 밴더스내치(성질이 광폭한 가상의 동물—옮긴이)를 멈추게 하는 게 나을 거다!"

앨리스는 숨이 너무 차서 더는 말을 할 수가 없었다. 그래서 그들은 아무 말도 하지 않은 채 계속 빠르게 달렸다. 마침내 그들은 엄청나게 많은 사람들이 모여 있는 곳에 도착했다. 그 사람들 한가운데서 사자와 유니콘이 싸우고 있었다. 사자와 유니콘은 구름 같은 먼지에 둘러싸여 있었다. 그 바람에 앨리스는 처음에 누가 사자이고 누가 유니콘인지 구분할 수 없었다. 그러나 결국 뿔 덕분에 유니콘을 알아보았다.

그들은 또 다른 심부름꾼인 하타가 있는 곳으로 다가가 자리를 잡았다. 하타는 한 손에 찻잔을, 다른 손에 버터 바른 빵 한 조각을 들고 그 싸움을 지켜보고 있었다. 헤이어가 앨리스에게 속삭였다.

"하타는 얼마 전 감옥에서 나왔어. 감옥에 들어갔을 때도 차를 다 마시지 못했지. 그들은 그곳에서 굴 껍데기만 주었대. 그래서 그는 굉장히 배가 고프고 목이 마를 거야. 친구, 잘 지냈나?"

헤이어는 팔로 하타의 목을 다정하게 감싸며 말했다. 하타가 돌아보고 고개를 끄덕이더니 버터 바른 빵만 계속 먹었다. 헤이어가 말했다.

"어이, 친구, 감옥에서는 행복했나?"

하타는 다시 한번 돌아보았다. 그의 뺨 위로 눈물이 한두 방울 떨어졌다. 하지만 그는 여전히 한마디도 하지 않았다. 헤이어가 조바심을 내며 소리쳤다.

"말 좀 해봐!"

하지만 하타는 그저 빵을 우적우적 먹고 차를 조금 더 마실 뿐이었다. 이번에는 왕이 소리쳤다.

"말을 좀 해! 싸움은 어떻게 되어가고 있는 거야?"

하타는 필사적인 노력으로 버터 바른 커다란 빵 조각을 삼켰다. 그러고 나서 목멘 소리로 말했다.

"그들은 아주 잘 싸우고 있습니다. 각각 87번 쓰러졌습니다."

앨리스가 용기를 내어 물었다.

"그러면 사자와 유니콘이 곧 흰 빵과 갈색 빵을 가지러 오겠군요?"

하타가 말했다.

"그래서 지금 기다리고 있는 거야. 내가 먹고 있는 게 그 빵 조각이야."

그때 싸움이 잠시 중단되었다. 사자와 유니콘이 땅바닥에 주저앉아 숨을 헐떡이고 있는 동안 왕이 소리쳤다.

"10분 동안 휴식 시간을 허락한다!"

헤이어와 하타는 곧바로 일을 시작했다. 그들은 흰 빵과 갈색 빵이 담긴 둥근 쟁반을 날랐다. 앨리스도 맛을 보려고 한 조각 받았는데, 빵은 완전히 말라 있었다. 왕이 하타에게 말했다.

"저들이 오늘은 더 싸우지 않을 것 같구나. 가서 북을 두드리라고 전하라."

그러자 하타가 메뚜기처럼 폴짝폴짝 뛰어갔다. 잠시 앨리스는 아무 말 없이 서서 그를 지켜보았다. 갑자기 앨리스의 표정이 밝아졌다. 그리고 무언가를 열심히 가리키며 소리쳤다.

"보세요, 저기 보세요! 하얀 여왕님이 들판을 가로질러 달려오고 계세요! 여왕님이 저기 보이는 숲을 지나 날아오고 계시다고요. 여왕님들은 어쩌면 저렇게 빨리 달릴 수 있죠?"

왕이 쳐다보지도 않고 말했다.

"분명히 여왕을 뒤쫓는 적들이 있을 거야. 저 숲에는 적들이 가득하거든."

왕이 그 사실을 차분하게 말하자, 깜짝 놀란 앨리스가 물었다.

"그러면 폐하가 달려가서 도와주지 않으실 건가요?"

왕이 말했다.

"아무 소용없어, 소용없어! 여왕은 무섭도록 빨리 달리거든. 밴더스내치를 잡는 게 더 나을 거야! 하지만 네가 원한다면 내가 여왕에 대해서 기록해주마. 여왕은 소중하고 착한 사람이라고."

왕은 조용하게 혼잣말처럼 말하더니 자기 수첩을 펼쳤다.

"'사람'에 '미음'이 두 개 들어가니?"

바로 그때 유니콘이 주머니에 두 손을 넣은 채 느긋하게 걸어왔다. 유니콘은 왕을 한번 힐끗거리고 지나치면서 말했다.

"이번엔 내가 정말 잘했지?"

왕이 약간 긴장한 채 대답했다.

"약간, 약간. 그렇다고 뿔로 사자를 찌르면 안 돼."

유니콘이 무심하게 대답했다.

"사자를 다치게 하진 않았어."

유니콘은 계속 나아가다가 갑자기 시선이 앨리스를 향했다. 유니콘은 곧바로 몸을 돌리더니, 잠시 가만히 서서 깊은 혐오감을 드러내며 앨리스를 쳐다보았다. 마침내 유니콘이 입을 열었다.

"도대체 이건 뭐지?"

헤이어가 앨리스 앞으로 나와 진지하게 앨리스를 소개했다. 그는 앵글로 색슨족의 자세를 취하면서 앨리스를 향해 두 손을 뻗었다.

"어린아이입니다! 우리도 오늘 발견했어요. 진짜만큼 크고 두 배로 자연스러워요!"

유니콘이 말했다.

"나는 늘 아이들은 전설 속 괴물일 거로 생각했어! 살아 있는 거야?"

헤이어가 진지하게 말했다.

"물론이죠. 게다가 말도 할 수 있답니다."

유니콘이 꿈을 꾸는 듯 앨리스를 쳐다보다가 말했다.

"꼬마야, 한번 말해보렴."

앨리스는 웃음이 나올 수밖에 없었다.

"그거 알아요? 저도 항상 유니콘이 전설 속 괴물이라고 생각했어요. 지금껏 살아 있는 유니콘을 한 번도 본 적이 없거든요!"

유니콘이 말했다.

"그렇다면 마침내 우리는 서로를 본 거구나. 네가 나를 믿는다면, 나도 너를 믿을 거야. 동의하는 거지?"

앨리스가 대답했다.

"그럼요, 원하신다면."

유니콘이 앨리스에게서 시선을 떼고 왕을 보면서 말했다.

"이봐, 늙은 양반! 건포도 케이크를 가지고 와! 이제 갈색 빵은 그만 가져와!"

왕이 중얼거렸다.

"그럼, 그럼!"

그리고 왕은 헤이어를 손짓해서 불렀다.

"가방을 열어라!"

그리고 나직이 말했다.

"서둘러라! 그 가방 말고. 거기에는 건초만 가득하잖아!"

하지만 헤이어는 그 가방에서 커다란 케이크를 꺼내더니 앨리스에게 들고 있으라며 건네주었다. 그 사이, 접시와 칼도 꺼냈다. 그것들이 어떻게 그 가방에서 나올 수 있는지 앨리스는 짐작조차 할 수 없었다. 마치 마술을 부린 것 같다고 앨리스는 생각했다. 이런 일이 벌어지는 동안, 사자가 그들에게 다가왔다.

사자는 너무도 지치고 졸려 보였다. 두 눈이 반쯤 감긴 상태에서 느릿느릿하게 눈을 껌벅거리며 앨리스를 쳐다보았다. 그리고 커다란 종을 울리는 것처럼 깊고 공허한 목소리로 말했다.

"이건 뭐야!"

유니콘이 진지하게 소리쳤다.

"아, 지금 무슨 일이냐고? 너는 절대로 짐작도 못 할걸? 나도 못 했으니까."

녹초가 된 사자가 앨리스를 바라보며 말했다. 그는 말하는 중간중간 하품을 했다.

"너는 동물이니, 채소니? 아니면 광물이니?"

앨리스가 대답도 하기 전에 유니콘이 소리쳤다.

"전설 속 괴물이야!"

사자가 바닥에 엎드리더니 앞발로 턱을 괴고 말했다.

"건포도 케이크를 돌려라, 괴물아. 그리고 너희 둘 다 여기 앉아(그것은 왕과 유니콘에게 한 말이었다). 케이크는 공정하게 나눠야 해, 알겠지?"

왕은 거대한 두 동물 사이에 앉는 것이 굉장히 불편해 보였다. 하지만 그가 앉을 만한 다른 자리가 마땅치 않았다. 유니콘은 왕이 쓴 왕관을 음흉하게 쳐다보며 말했다. 이 가엾은 왕은 너무 떨어서 머리가 떨어져 나갈 지경이었다.

"우리가 그 왕관을 차지하려고 싸우는 거잖아!"

사자가 말했다.

"내가 너를 쉽게 이길 수 있었어."

유니콘이 말했다.

"어림도 없는 소리를 하는구나."

사자가 몸을 반쯤 일으키며 화를 냈다.

"내가 시내를 돌면서 너를 때렸잖아, 이 겁쟁이야!"

이때 왕이 끼어들어서 그들의 싸움을 말렸다. 너무 긴장한 나머지 왕의 목소리는 떨렸다.

"시내를 돌아다녔어? 그건 아주 먼 길이지. 너희들은 오래된 다리나 시장에도 가봤니? 오래된 다리에 올라가면 멋진 풍경을 볼 수 있지."

사자가 다시 누워서 으르렁거렸다.

"나는 모르겠는걸. 먼지가 너무 많아서 아무것도 보이지가 않았어. 괴물은 어태 뭐 하고 있어, 케이크를 자르지 않고!"

앨리스는 작은 시냇가에 혼자 앉아서 무릎에 커다란 접시를 올려놓은 채 부지런히 칼로 케이크를 자르고 있었다. 앨리스는 사자의 말에 이렇게 대답했다.

"정말 짜증 나요!(앨리스는 '괴물'이라고 불리는 것에 점차 익숙해지고 있었다.) 몇 조각을 잘랐는데, 케이크가 자꾸 다시 합쳐지고 있어요!"

유니콘이 말했다.

"너는 거울 나라의 케이크를 제대로 다룰 줄 모르는구나. 먼저 케이크를 나눠주고, 그다음에 잘라야지."

이것은 터무니없는 말이었지만, 앨리스는 고분고분하게 일어나서 먼저 케이크 접시를 들고 돌았다. 그러자 케이크가 스스로 세 조각으로 나누어졌다. 앨리스가 빈 접시를 들고 자기 자리로 돌아오자 사자가 말했다.

"이제 케이크를 잘라."

앨리스가 손에 칼을 들고 앉아서 시작하는 방법을 몰라 어리둥절하자 유니콘이 소리쳤다.

"이건 공평하지 않아! 저 괴물이 사자에게 내 것보다 두 배나 더 많이 줬어!"

사자가 말했다.

"어쨌든 저 아이는 자기 걸 하나도 가져가지 않았어. 괴물아, 너는 건포도 케이크를 좋아하니?"

앨리스가 사자에게 대답하기 전에 북이 울리기 시작했다. 시끄러운 북소리가 어디에서 울려 퍼지는 것인지 앨리스는 도무지 알 수가 없었다. 대기가 온통 북소리로 가득 차서 머릿속에서 북소리가 울리는 것 같았다. 그 탓에 앨리스는 꼭 귀가 먹을 것 같은 기분이었다. 너무 겁이 난 앨리스는 갑자기 자리에서 일어나 작은 시냇물을 건너 뛰어갔다.

※

마침 사자와 유니콘도 벌떡 일어났다. 그들은 자신들의 축제가 방해받아서 화가 난 표정이었다. 앨리스는 무릎을 꿇고 앉아 두 손으로 귀를 막았다. 하지만 끔찍한 소음을 막으려는 앨리스의 노력은 아무런 소용이 없었다. 앨리스는 생각했다.

'저 북소리가 사자와 유니콘을 쫓아내지 못한다면 아무것도 할 수 없을 거야!'

8. "내가 직접 발명한 거야"

잠시 후, 그 북소리가 서서히 잦아들더니 결국 죽음 같은 침묵이 찾아왔다. 앨리스는 조금 놀라 고개를 들었다. 아무도 보이지 않았다. 앨리스는 처음에 자신이 사자와 유니콘, 그리고 그 이상한 앵글로 색슨족 심부름꾼들이 나오는 꿈을 꾼 게 분명하다고 생각했다. 하지만 그게 아니었다. 앨리스의 발밑에 건포도 케이크를 담았던 커다란 접시가 남아 있었기 때문이다. 앨리스는 중얼거렸다.

'그러니까 나는 꿈을 꾸고 있던 게 아니야. 만약 우리가 한 사람 꿈에 모두 나온 게 아니라면. 제발 이게 내 꿈이길 바랄 뿐이야, 붉은 왕의 꿈이 아니라! 다른 사람의 꿈에는 들어가고 싶지 않단 말이야.'

앨리스는 계속 투덜거렸다.

'내가 가서 왕을 깨워야겠어. 그러면 무슨 일이 일어나나 봐야지!'

이때 앨리스는 커다란 고함 때문에 더는 생각할 수가 없었다.

"어이! 어이! 장군!"

붉은색 갑옷을 입은 기사 하나가 커다란 곤봉을 휘두르며 앨리스를 향해 질주해왔다. 앨리스와 가까워지자 갑자기 말이 멈춰 섰고, 그 바람에 그 붉은 기사는 말에서 떨어졌다. 그러면서 그는 이렇게 소리쳤다.

"너는 내 포로다!"

그때 앨리스는 자신보다 그 기사 때문에 더 많이 놀랐다. 앨

리스는 그가 다시 말에 올라타는 것을 불안한 시선으로 지켜
보았다. 그 기사는 능숙하게 안장에 앉자마자 다시 한번 소리
치기 시작했다.

"너는 내……."

그런데 이번에는 다른 목소리가 끼어들었다.

"어이! 어이! 장군!"

앨리스는 새로운 적이 나타나서 화들짝 놀라 돌아보았다. 이
번에는 하얀 기사였다. 그 하얀 기사가 앨리스 쪽으로 다가왔
다. 붉은 기사가 그랬던 것처럼 그도 말에서 떨어졌다. 그리고
다시 말에 올라탔다. 두 기사는 말에 앉아 잠시 아무 말 없이
서로를 쳐다보았다. 어리둥절한 앨리스는 이 사람 저 사람을 번
갈아 쳐다보았다. 마침내 붉은 기사가 먼저 말을 꺼냈다.

"저 아이는 내 포로야, 너도 알잖아!"

하얀 기사가 대답했다.

"그래. 하지만 내가 와서 저 아이를 구해줬잖아!"

붉은 기사가 자기 투구를 집어 들어 머리에 쓰면서 말했다
(말안장에 매달려 있던 투구는 말의 머리 모양이었다).

"그렇다면 이 아이를 두고 결투를 해야겠군."

하얀 기사도 자신의 투구를 쓰면서 말했다.

"물론 결투 규칙은 지키겠지?"

붉은 기사가 대답했다.

"난 언제나 지킨다고."

두 사람은 격분해서 서로를 찔러대기 시작했다. 앨리스는 그 싸움의 현장에서 벗어나기 위해 나무 뒤에 숨었다. 앨리스는 몸을 숨기고 그 싸움을 지켜보면서 중얼거렸다.

　'결투 규칙이라는 게 뭘까. 규칙 하나는 기사 한 명이 다른 기사를 쳐서 말에서 떨어뜨리는 것 같아. 만약 그 기회를 놓치면 자신이 말에서 떨어지는 거야. 다른 규칙은 곤봉을 팔로 들고 있는 것 같아. 마치 펀치와 주디 인형극(*아내 주디와 늘 싸우는 펀치 이야기를 들려주는 영국 전통 인형극―옮긴이*)을 하는 것처럼 말이야. 그들이 떨어질 때마다 나는 소리는 끔찍해! 난로 부지깽이 전체가 넘어지는 소리 같아! 말은 또 얼마나 얌전한지! 마치 탁자가 된 것처럼 기사들이 자기들을 타고 내리게 해주잖아.'

　앨리스가 알아내지 못한 또 다른 규칙은 항상 머리로 떨어지는 것이었다. 그 결투는 이런 식으로 두 사람 모두 나란히 떨어지면서 끝이 났다. 그들은 다시 일어나서 악수를 했다. 그리고 붉은 기사가 말에 오르더니 전속력으로 달려갔다. 하얀 기사는 숨을 헐떡이면서 앨리스에게 다가와 말했다.

　"장엄한 승리였지, 그렇지 않니?"

　앨리스가 확신 없이 말했다.

　"모르겠어요. 저는 누군가의 포로는 되고 싶지 않아요. 저는 여왕이 되고 싶어요."

　그러자 하얀 기사가 말했다.

"너는 여왕이 될 거야. 다음 시냇물을 건너면 말이지. 내가 너를 이 숲 끝까지 안전하게 데려다줄게. 그런 뒤 나는 다시 돌아가야 한단다. 나는 거기까지만 갈 수 있거든."

앨리스가 말했다.

"정말 고맙습니다! 제가 투구 벗는 것을 좀 도와드릴까요?"

분명 하얀 기사는 그 투구를 혼자 벗기가 힘들어 보였다. 그래서 앨리스도 기사를 흔들어서 힘겹게 투구를 벗겨주었다. 하얀 기사가 양손으로 자신의 텁수룩한 머리카락을 가다듬었다. 그는 온화한 표정을 한 채 커다란 눈으로 앨리스를 따뜻하게 바라보았다.

"이제 숨을 쉬기가 좀 편안하구나!"

앨리스는 살면서 그렇게 이상하게 생긴 군인은 처음 본다고 생각했다. 그는 양철 갑옷을 입고 있었는데, 갑옷이 너무 꼭 끼어 보였다. 그리고 양쪽 어깨에 이상하게 생긴 작은 상자를 매달고 있었다. 그것을 거꾸로 매고 있었는데, 뚜껑이 열려 있었다. 앨리스는 호기심을 보이며 그것을 쳐다보았다. 기사가 친절하게 말했다.

"내 작은 상자가 마음에 드나 보구나. 이건 안에 옷과 샌드위치를 보관하려고 내가 직접 발명한 거야. 내가 이 상자를 거꾸로 매달고 있는 걸 너도 보았겠지. 그건 비가 안으로 들어가지 않게 하려고 그런 거란다."

앨리스가 차분하게 말했다.

"하지만 그러면 물건들이 밖으로 나올 수 있잖아요. 뚜껑이 열린 걸 아세요?"

기사의 얼굴에 짜증이 스쳐 지나갔다.

"그건 몰랐구나. 그러면 물건들이 모두 떨어질 수밖에! 그렇다면 이 상자는 아무 소용이 없지."

그는 이렇게 말하면서 상자 끈을 풀어서 덤불 속으로 던져버리려 했다. 하지만 그 순간, 갑자기 어떤 생각이 떠올랐는지 기사는 상자를 조심스레 나무에 매달았다. 그리고 앨리스에게 말했다.

"내가 왜 이러는지 알겠니?"

앨리스는 고개를 저었다.

"벌들이 저 상자 안에 둥지를 만들면 좋겠다는 바람에서야. 그러면 꿀을 얻을 테니까."

앨리스가 말했다.

"그런데 안장에 벌통같이 생긴 것이 묶여 있는데요."

기사가 불만 섞인 목소리로 말했다.

"그래, 이건 아주 좋은 벌통이야. 최상급이지. 하지만 벌들이 한 마리도 가까이 다가오지 않아. 다른 것은 쥐덫이야. 나는 쥐가 벌을 쫓아버린다고 생각해. 아니면, 벌이 쥐를 쫓아버리든지. 뭐가 뭔지 모르겠단다."

앨리스가 말했다.

"그런데 쥐덫이 왜 필요한지 궁금해요. 말의 등에는 쥐들이 있을 것 같지 않거든요."

그 기사가 말했다.

"아무래도 없겠지. 하지만 쥐들이 온다면 녀석들이 돌아다니
게 내버려 두지 않을 거야."

그는 잠시 말을 멈췄다가 다시 이어서 말했다.

"모든 상황을 위해 잘 준비해둔 거란다. 그래서 말이 발목에
저런 뾰족한 발찌를 차고 있지."

앨리스가 호기심 어린 목소리로 물었다.

"그것들은 왜 차고 있는 거예요?"

그 기사가 대답했다.

"상어가 무는 것을 막으려고 대비한 거야. 그것도 내가 직접
발명한 거란다. 이제 내가 말을 타는 것을 좀 도와주렴. 너와
함께 이 숲 끝까지 가야 하니까. 그런데 그 접시는 무엇에 쓰는
거니?"

앨리스가 말했다.

"건포도 케이크를 담았던 접시예요."

기사가 말했다.

"그 접시도 우리가 가져가는 게 좋겠어. 혹시 우리가 건포도
케이크를 찾게 되면 쓸모가 있을 거야. 그 접시를 이 가방에 넣
는 걸 도와다오."

이것은 시간이 꽤 오래 걸리는 일이었다. 기사가 너무 어설프
게 접시를 넣어서 앨리스는 굉장히 조심스럽게 가방을 연 채 오

랫동안 들고 있어야 했다. 처음 두세 번은 그 기사가 접시 대신 가방에 들어갈 뻔했다. 마침내 접시를 가방에 넣은 뒤에 기사가 말했다.

"정말 꽉 끼는구나. 가방에는 촛대도 아주 많이 들어 있단다."

그리고 그는 가방을 안장에 매달았다. 그 안장에는 이미 당근 몇 묶음과 난로 부지깽이들과 다른 물건들이 많이 매달려 있었다. 그들이 출발할 때 기사가 물었다.

"머리카락을 단단히 잘 묶었겠지?"

앨리스가 웃으면서 대답했다.

"평소대로 했어요."

기사가 불안한 듯 말했다.

"그거로는 충분하지 않아. 여기는 바람이 엄청 세게 불거든. 수프만큼 강한 바람이지."

앨리스가 질문했다.

"머리카락이 바람에 날리지 않도록 하는 방법도 발명하셨어요?"

기사가 말했다.

"아직 없어. 하지만 머리카락이 흘러내리지 않도록 하는 방법은 있단다."

"어떤 방법인지 듣고 싶어요."

기사가 말했다.

"먼저 곧은 막대기를 하나 드는 거야. 그리고 네 머리카락이 그 막대기를 기어오르도록 하는 거지. 과일 나무처럼 말이야. 머리카락이 아래로 흘러내리는 이유는 아래로 매달려 있기 때문이거든. 사물은 절대 위로는 떨어지지 않잖니. 그것도 내가 발명한 계획이야. 네가 원하면 시도해봐도 좋아."

그것은 편리한 발명처럼 들리지 않는다고 앨리스는 생각했다. 앨리스는 그 방법을 골똘히 생각하면서 몇 분 동안 아무 말 없이 걸었다. 그리고 가끔 멈추어 서서 가엾은 기사를 도와주었다. 그는 분명히 훌륭한 기수는 아니었다.

말이 멈출 때마다(말이 아주 자주 멈춰 섰다) 기사는 앞으로 떨어졌다. 그리고 말이 다시 출발하면(대개 말은 갑자기 출발했다) 그는 뒤로 떨어졌다. 그 외에 가끔 옆쪽으로 떨어지는 버릇이 있는 것을 제외하면 그는 아주 잘 갔다. 그 기사는 주로 앨리스가 걸어가는 쪽으로 떨어져서, 앨리스는 곧 말과 너무 가까이에서 걸어가지 않는 것이 좋겠다고 생각했다. 기사가 말에서 다섯 번째로 떨어졌을 때 그를 도와주던 앨리스가 용기를 내어 말했다.

"말 타는 것을 많이 연습하지 않으셨나 봐요."

그 말을 들은 기사는 굉장히 놀란 표정을 짓고 약간 짜증을 냈다. 그러고는 다시 안장에 재빨리 올라타면서 반대쪽으로 떨어지지 않으려고 앨리스의 머리카락을 한 손으로 잡은 채 물었다.

"넌 왜 그런 말을 하니?"

"왜냐하면 연습을 많이 한 사람이라면 그렇게 자주 말에서 떨어지지 않거든요."

기사는 아주 근엄하게 말했다.

"나도 연습을 아주 많이 했단다. 정말 많이 연습했어!"

앨리스는 '정말요?'라는 말밖에 할 말이 생각나지 않아서 최대한 진심으로 그 말을 했다. 그들은 이 대화 뒤에 아무 말 없이 조금 더 걸어갔다. 기사는 두 눈을 감은 채 혼자 중얼거렸고, 앨리스는 그가 또다시 떨어질까 봐 걱정스레 지켜보고 있었다. 기사가 갑자기 오른 팔을 흔들면서 큰 목소리로 말했다.

"말 타기의 위대한 기술은……."

이때 그가 갑자기 말을 시작한 것처럼 갑자기 말이 끝나버렸다. 앨리스가 걷고 있던 길로 그 기사가 머리부터 심하게 떨어졌기 때문이다. 앨리스가 이번에는 무척 놀라서 그를 부축해주면서 걱정스러운 목소리로 물었다.

"뼈가 부러진 건 아니겠죠?"

기사는 마치 뼈가 두세 개쯤 부러져도 상관없다는 듯 말했다.

"당연하지. 내가 말했던 것처럼 말 타기의 위대한 기술은 균형을 적절하게 유지하는 것이지. 이렇게 말이야."

그는 말의 고삐를 내려놓더니 양 팔을 벌려 앨리스에게 자신이 말하는 바를 보여주었다. 이번에는 그가 뒤로 굴러서 말굽 바로 옆으로 떨어졌다. 앨리스가 그를 다시 똑바로 일으켜주는 동안 그 기사는 내내 이 말을 반복했다.

"많이 연습했다고! 아주 많이 연습했어!"

앨리스가 이번에는 참지 못하고 소리쳤다.

"정말 웃기는 소리예요! 기사님은 바퀴가 달린 목마를 타야해요. 그래야 한다고요!"

기사가 큰 관심을 보이며 물었다. 그는 말하면서 말의 목을 팔로 감싸 안았고, 그래서 다행스럽게도 다시 떨어지지는 않았다.

"그런 말은 얌전하게 잘 가니?"

앨리스는 최대한 웃지 않으려고 노력했지만 웃음이 조금 터져 나왔다.

"살아 있는 말보다는 훨씬 더 얌전하게 가요."

기사가 곰곰이 생각하면서 말했다.

"그럼 나는 그런 말을 하나나 두 개, 아니 몇 개를 구해야겠구나."

이 대화가 끝난 뒤 짧은 침묵이 흘렀다. 그리고 그 기사가 다시 말하기 시작했다.

"나는 뭔가를 발명하는 것을 아주 잘한단다. 너도 눈치 챘겠지만, 네가 나를 마지막으로 말에 올려주었을 때 내가 생각에 잠긴 것처럼 보이지 않았니?"

앨리스가 말했다.

"조금 심각해 보였어요."

"그때 나는 문을 넘어가는 새로운 방법을 생각하고 있었어. 한번 들어볼래?"

앨리스는 예의 바르게 대답했다.

"굉장히 듣고 싶어요."

기사가 말했다.

"내가 어떻게 그 생각을 떠올렸는지 말해줄게. 나는 혼자 이렇게 말했지. '유일한 문제는 발에 있다. 머리는 이미 충분히 높이 있으니까.' 먼저 문 꼭대기에 내 머리를 올려놓는 거야. 그러면 머리가 충분히 높이 있는 거지. 그다음에 나는 물구나무를 서는 거야. 그러면 발도 충분히 높아지잖아. 그런 다음, 그 문을 넘어가면 되는 거야."

앨리스가 생각에 잠긴 채 말했다.

"네, 그러면 넘어갈 수 있을 거예요. 하지만 너무 어려운 방법이라고 생각하지 않으세요?"

기사가 진지하게 말했다.

"아직 시도해보지는 않았어. 그래서 확실하게 말해주지 못하겠구나. 하지만 약간 어려울 것 같아 나도 걱정이야."

그 생각 때문에 기사가 골치 아픈 것처럼 보여서 앨리스는 급히 대화 주제를 바꾸었다. 앨리스가 활기차게 물었다.

"그 투구는 정말 신기하게 생겼어요! 그것도 직접 발명하신 건가요?"

기사는 말안장에 매달려 있는 자신의 투구를 자랑스럽게 내려다보았다.

"그럼. 그런데 나는 그것보다 더 멋진 투구를 발명했었어. 마치 설탕 덩어리 같이 생겼었지. 내가 그걸 쓰고 다녔을 때는 말에서 떨어지면 언제나 그 투구가 먼저 땅에 닿았어. 그래서 나는 땅에 거의 떨어지지 않았단다. 하지만 여차하면 투구 속으로 떨어질 위험이 있었지. 한 번은 이런 적도 있었단다. 최악의 사건이었는데, 내가 다시 일어서기도 전에 다른 하얀 기사가 와서 그 투구를 자기 거로 생각하고 쓴 거야."

그 투구를 생각하는 기사의 표정이 너무 진지해 보여서 앨리스는 웃을 수가 없었다. 앨리스가 떨리는 목소리로 말했다.

"그의 머리 위에 기사님이 있었을 테니까 그는 분명히 다쳤겠군요."

기사가 아주 심각한 얼굴로 말했다.

"물론 나는 그를 발로 차버렸지. 그러자 그가 내 투구를 다시 벗었어. 나는 그 투구를 벗는 데 몇 시간이나 걸렸단다. 번개처럼 빨랐어(빠르다 *fast*에 '단단히 고정된' 뜻도 있다. ─옮긴이)."

앨리스가 반박했다.

"꽉 끼었던 거겠죠."

기사가 고개를 저었다.

"나는 정말 빨랐어, 확실해!"

이 말을 하면서 흥분한 기사는 두 손을 번쩍 들어 올렸다. 그 바람에 그는 또 안장에서 거꾸로 굴러떨어져 깊은 도랑에 빠지고 말았다. 앨리스가 그를 도와주려고 도랑 옆으로 달려갔다. 기사가 잠시나마 잘 타고 있어서 떨어질 줄 짐작하지 못했던 앨리스는 깜짝 놀랐다. 앨리스는 그가 정말로 다쳤을까 봐 걱정이 되었다. 그의 발밖에 보이지 않았지만 평소와 같은 목소리로 말하는 것을 듣고서 앨리스는 크게 안심했다. 기사는 이 말을 반복했다.

"정말 빨랐다고. 다른 사람의 투구를 쓰다니 얼마나 부주의하니. 그것도 투구 안에 사람이 있는데 말이야."

앨리스가 그의 발을 잡고 끌어내어 강둑 옆의 풀밭에 눕혀주면서 물었다.

"머리가 거꾸로 박혀 있는데, 어쩜 그렇게 차분하게 말을 할 수가 있죠?"

기사는 오히려 그 질문에 놀란 눈치였다.

"내 몸이 어디에 있든 그게 무슨 상관이니? 내 생각은 늘 똑같은데. 사실 나는 머리가 거꾸로 있을 때 새로운 것을 더 많이 발명한단다."

그는 잠시 멈추었다가 이어서 말했다.

"내가 발명한 것 중 가장 기발한 것은 고기 요리 코스 중간에 나오는 새로운 푸딩이야."

앨리스가 말했다.

"다음 요리가 나오기 전에 요리해야겠네요? 그러면 정말 빨리 만들어야겠군요!"

기사가 생각하면서 느릿느릿 대답했다.

"그건 다음 요리를 위해 만드는 게 아니야. 분명히 다음 요리가 아니야."

"그러면 그건 다음 날 요리하겠군요. 저녁 식사에서 푸딩을 두 번 먹진 않을 거잖아요?"

기사가 아까처럼 반복해서 말했다.

"다음 날을 위한 것도 아니야. 다음 날은 아니야."

그는 고개를 숙이고 목소리를 점점 더 낮추었다.

"사실, 나는 그 푸딩이 만들어졌다고 생각하지 않아! 사실, 앞으로 만들어질 거라고도 생각하지 않고! 그래도 그건 똑똑한 발명이었지."

가엾은 기사가 너무 의기소침해 보였기 때문에 앨리스는 그가 기운을 다시 차리길 바라는 마음에 물었다.

"그 푸딩은 무엇으로 만들 생각이었어요?"

기사가 신음을 내며 대답했다.

"제일 처음 흡수지를 넣어."

"그건 별로 좋지 않을 것 같은데요, 제 생각에……."

그가 급하게 끼어들었다.

"그것 하나만이라면 별로지. 하지만 그걸 다른 것들과 섞으면 달라진다는 걸 너는 몰라. 이를테면, 화약과 봉랍 같은 거 말이야. 이제 나는 여기에서 돌아가야겠어."

그들은 마침 그 숲의 끝에 도착해 있었다. 앨리스는 어리둥절한 표정을 지을 수밖에 없었다. 기사가 말한 푸딩을 생각하고 있었기 때문이다. 기사가 걱정스러운 목소리로 말했다.

"너는 슬픈가 보구나. 네 마음을 위로해줄 노래를 한 곡 불러줄게."

앨리스는 그날 하루 종일 상당히 긴 시를 들었기 때문에 물어보았다.

"아주 긴 노래인가요?"

기사가 말했다.

"물론 긴 노래지. 하지만 아주, 아주 아름다운 노래란다. 모두가 그 노래를 듣고 눈물을 흘리거나 아니면……."

기사가 말을 갑자기 멈추자 앨리스가 물었다.

"아니면 뭐요?"

"아니면 흘리지 않겠지. 그 노래는 '대구의 눈'이라고 불리지."

앨리스가 흥미를 가지려고 애쓰며 말했다.

"아, 그게 그 노래 제목이군요?"

기사는 약간 짜증난 표정을 지으며 말했다.

"아니야, 너는 이해를 못 하는구나. 제목이 그렇다는 거야. 실제 제목은 '늙디, 늙은 남자'야."

앨리스가 말을 정정했다.

"그러면 '그 노래가 그렇게 불린다'라고 말해야 했군요?"

"아니야, 그러면 안 돼. 그건 다른 거라고! 그 노래는 '길들과 방법들'이라고 불려. 하지만 그것은 그렇게만 불릴 뿐이라고!"

앨리스는 너무 혼란스러워서 이렇게 말했다.

"그러면 그 노래는 뭐예요?"

기사가 말했다.

"내가 지금 말하려고 하잖아. 그 노래의 진짜 제목은 〈문 위에 앉아 있는〉이야. 내가 직접 만든 곡이란다."

그는 이렇게 말하고 나서 말을 세우더니 고삐를 내려놓았다. 그리고 자신의 노래를 즐기듯 천천히 한 손으로 박자를 맞추면서 바보 같지만 온화한 얼굴에 엷은 미소를 띠었다.

앨리스는 거울 나라를 여행하면서 보았던 많은 이상한 일들 중에서 이 장면이 기억 속에 가장 선명하게 남았다. 몇 년이 흘러도 앨리스는 그 장면 전체를 마치 어제 있었던 일처럼 떠올렸다.

기사의 온화한 푸른 눈동자와 친절한 미소, 그의 머리카락 사이로 빛나던 눈부신 햇살, 빛이 반사돼 눈이 부시던 그의 갑옷, 목에 고삐를 건 채 앨리스의 발밑에 있는 풀을 얌전하게 뜯어 먹고 있던 말과 그 뒤로 숲의 어두운 그림자…….

앨리스는 이 모든 풍경을 그림처럼 간직했다. 앨리스는 나무에 기댄 채 한 손을 들어 눈 위에 그늘을 만들고, 이 이상한 기사와 말을 바라보면서 꿈을 꾸듯 그 우울한 노래를 듣고 있었다. 앨리스가 혼자 중얼거렸다.

"그런데 저 곡은 그가 만든 게 아니야. 그건 〈나는 당신께 모두 드려서, 더는 드릴 수가 없어요〉라는 노래야."

앨리스는 가만히 서서 열심히 그 노래에 귀를 기울였지만 눈물은 나오지 않았다.

"나는 당신께 모든 것을 말하리오.

관련된 것이 거의 없지만.

나는 문 위에 앉아 있는

늙디 늙은 사람을 만났지요.

'당신은 누구십니까, 나이든 양반?' 하고 내가 물었어요.

'당신은 어떻게 사셨나요?'

그러자 그의 대답이 내 머릿속을 천천히 흘러갔어요.

마치 체에 물이 흐르듯.

그가 말했어요. '나는 밀밭에서

잠들어 있는 나비들을 찾고 있네.

나는 양고기 파이 속에 나비들을 넣어서

길거리에서 팔았다네.

나는 그것들을 사람들에게 팔지'라고 그가 말했어요.

'폭풍우 몰아치는 바다에서 항해하는 사람들에게.

그렇게 해서 나는 먹고 살지.

괜찮으면 조금 먹어봐.'

그러나 나는 수염을 초록색으로 물들일

계획을 세우고 있었죠.

그리고 언제나 보이지 않는 커다란 부채를 사용했어요.

어쨌든 그 노인이 하는 말에

대답을 하지 않고

나는 소리쳤지요.

'이봐요, 당신이 어떻게 사셨는지 말씀해주세요!'

그리고 그의 머리를 내리쳤죠.

노인은 부드러운 말투로 이야기를 계속했죠.

'나는 내 길을 가지.

그리고 산의 실개천을 발견하면

그것을 활활 태워서

사람들이 로랜드 기름이라고 부르는 것을 만들었지.

2펜스 반페니가 전부였어.

그들이 내게 주는 수고비는.'

그러나 나는 먹고 살 방식을 생각하고 있었어요.

그리고 하루하루 점점 더 뚱뚱해지려고.

나는 그 노인을 좌우로 흔들었어요.

그의 얼굴이 파랗게 질릴 때까지.

나는 소리쳤어요.

'이봐요, 당신이 어떻게 사셨는지 말씀해주세요.'

'당신은 무슨 일을 하시죠?'

노인이 말했어요.

'나는 대구의 눈을 사냥한다네.
야생화 사이에서.
그리고 조용한 밤에
조끼 단추에 집어넣었지.
그리고 금화나 은화를 받고
팔지도 못했지.
단지 반 페니 동전을 받았다네.
그걸로 아홉 개를 살 거라네.'

'나는 때로는 버터 바른 롤빵을 찾아 땅을 파거나
게를 잡으려고 석회 바른 작은 가지를 준비하지.
나는 때로는 풀이 무성한 언덕에서
이륜마차의 바퀴를 찾아보았지.
그게 내가 사는 방식이라네(노인은 윙크했네).
그렇게 나는 재산을 모았지.
그리고 나는 기쁘게 축배를 들겠네.
자네의 건강을 위해서.'

나는 그제야 그의 말을 들었어요.
내 계획을 막 완성했기 때문이죠.
메나이 다리에 녹이 슬지 않게 하려면
포도주에 넣고 끓이면 됩니다.

그가 재산을 모은 방법을 이야기해주어
그에게 굉장히 고맙다고 전했어요.
하지만 내 건강을 빌어준 것이
특히 더 고마웠죠.

그리고 이제 우연히 내 손가락을 풀에 넣거나
혹은 미친 듯이 오른쪽 발을 왼쪽 신발에 끼워 넣거나
아주 무거운 물건을 내 발가락에 떨어뜨린다면
나는 눈물을 흘리죠.
내가 알았던 그 노인이 떠올라서요.

온화한 외모에 느린 말투,
눈보다 하얀 머리카락,
까마귀를 닮은 얼굴,
재처럼 빛나는 눈,
슬픔 때문에 몸을 앞뒤로
흔들었고
낮은 소리로 우물-우물 중얼거렸죠.
마치 입 속에 밀가루 반죽을 가득 넣은 것처럼.
물소처럼 콧소리를 내고.
아주 오래 전 그 여름 저녁,
문 위에 앉아 있던 노인이."

그 기사는 노래의 마지막 구절을 부른 뒤, 말의 고삐를 잡고 그들이 왔던 길 쪽으로 말머리를 돌렸다.

"이제 이 언덕 아래로 몇 미터 더 가서 작은 시냇물을 건너라. 그러면 너는 여왕이 될 거야. 하지만 먼저 여기에 서서 내가 떠나가는 것을 볼 거지?"

앨리스가 몸을 돌려 그가 가리킨 방향을 열심히 쳐다보자 기사가 덧붙여 말했다.

"오래 걸리지는 않을 거야. 너는 기다렸다가 내가 저 길 모퉁이를 돌 때쯤 손수건을 흔들어줘! 그러면 나는 기운이 좀 날 거야."

앨리스가 말했다.

"물론 기다려야죠. 그리고 지금까지 같이 와주셔서 정말 고마워요! 그 노래도 고마워요! 정말 좋았어요!"

기사는 미심쩍은 듯 말했다.

"나도 그랬길 바란다. 하지만 너는 내가 예상했던 것처럼 울지는 않았어."

그들은 악수를 했다. 그리고 그 기사는 천천히 숲속으로 멀어져 갔다. 앨리스는 그 자리에 서서 그의 뒷모습을 지켜보면서 혼자 중얼거렸다.

'배웅하는 데 오래 걸리지는 않을 거야. 저기 있어! 평소처럼 머리부터 떨어졌어! 그래도 저 정도면 꽤 수월하게 다시 올라탔네. 저렇게 많은 물건이 말에 매달려 있어서 그런가?'

앨리스는 계속 중얼거리면서 그를 지켜보았다. 말은 그 길을 따라 느긋하게 걸어갔고, 기사는 처음에는 이쪽으로 다음에는 그 반대쪽으로 떨어졌다. 네 번인가 다섯 번 정도 더 떨어진 뒤에야 그 기사는 길모퉁이에 도착했다. 앨리스는 손수건을 꺼내 그에게 흔들어주었다. 그리고 그가 보이지 않을 때까지 기다렸다. 앨리스가 몸을 돌려 언덕을 뛰어 내려가면서 말했다.

'그가 기운을 좀 더 차렸으면 좋겠어. 이제 여왕이 되기 위한 마지막 시냇물이 남았어! 정말 멋져!'

몇 발짝 더 걸어갔더니, 그 시냇물 가에 다다랐다. 앨리스는 시냇물을 건너뛰면서 외쳤다.

'드디어 여덟 번째 칸이야!'

�֍

앨리스는 작은 꽃들이 여기저기 드문드문 피어 있는 이끼처럼 부드러운 잔디밭에 누워서 쉬었다.

'아, 여기에 도착하다니 정말 기뻐! 그런데 내 머리에 있는 이건 뭐지?'

앨리스는 자기 머리에 딱 맞게 끼어 있는 무거운 물건을 손으로 집어 들고서 깜짝 놀라 소리쳤다.

'어떻게 나도 모르는 사이에 이게 내 머리에 있을 수 있는 거지?'

앨리스는 그것이 무엇인지 확인하고 무릎 위에 내려놓으며 혼자 중얼거렸다. 그것은 황금 왕관이었다.

9. 여왕이 된 앨리스

꧁ '와, 정말 멋지잖아!'

앨리스가 말했다.

'내가 이렇게 빨리 여왕이 될 거라고는 예상하지 못했어. 폐하, 제가 한 말씀 드리겠습니다.'

앨리스는 목소리를 바꿔서 엄숙하게 말했다(앨리스는 늘 자신을 나무라는 것을 좋아했다).

'폐하께서는 이렇게 잔디밭에서 나른하게 누워 있으면 안 됩니다! 여왕이라면 위엄을 갖추어야 합니다!'

그래서 앨리스는 일어나서 걸었다. 처음에는 왕관이 떨어질까 걱정되는 마음에 고개를 꼿꼿하게 세워서 걸었다. 하지만 아무도 자기를 보지 않는다는 생각에 편안해져서 다시 자리에 주저앉았다.

'만약 내가 진짜 여왕이라면 금방 적응할 수 있을 거야.'

이상한 일들이 너무나 많이 일어났기에 붉은 여왕과 하얀 여왕이 자신의 양 옆에 바싹 붙어 앉아 있는 것을 발견하고도 앨리스는 조금도 놀라지 않았다. 그들이 어떻게 그곳에 왔는지 묻고 싶은 마음이 컸지만 자칫 예의에 어긋날까 봐 묻기가 조심스러웠다. 하지만 게임이 끝났는지 물어보는 것은 실례가 아니라고 생각해서 앨리스는 먼저 붉은 여왕에게 조심스럽게 말을 걸었다.

"죄송하지만 말씀해……"

붉은 여왕이 갑자기 앨리스의 말에 끼어들었다.

"너한테 말을 하면 말해!"

언제나 약간은 논쟁할 준비가 되어 있는 앨리스가 말했다.

"그렇지만 모두가 그 규칙을 지켜야 해서, 말을 걸 때만 말을 하고 다른 사람은 늘 누군가 말을 시작하기만을 기다린다면 아무도 말을 하지 않을 거예요. 그래서……."

여왕이 소리쳤다.

"웃기는 소리! 애야, 너는……."

이때 붉은 여왕은 얼굴을 찌푸리면서 말을 멈추었다. 그리고 잠시 생각한 뒤 갑자기 대화의 주제를 바꾸었다.

"'내가 진짜 여왕이라면'은 무슨 뜻이니? 무슨 권리로 너를 그렇게 부르는 거지? 너도 알다시피 적절한 시험을 통과하기 전까진 여왕이 될 수 없단다. 그러니 어서 빨리 시험을 시작하는 게 좋겠구나."

가엾은 앨리스가 애처로운 목소리로 부인했다.

"'만약'이라고 말했잖아요!"

두 여왕은 서로를 쳐다보았고, 붉은 여왕이 약간 몸서리치며 말했다.

"'만약'이라고 말했을 뿐이라는군."

하얀 여왕이 자신의 두 손을 비틀면서 투덜거렸다.

"하지만 저 아이는 그 말만 한 게 아니야! 아, 그것보다 훨씬 더 많이 말했어!"

붉은 여왕이 앨리스에게 말했다.

"네가 그랬니? 언제나 진실을 말해야 한단다. 너는 말하기 전에 생각을 좀 해.

그리고 나중에 그걸 적어라."

"저는 정말로 그런 뜻이 아니라……"

앨리스가 말을 하려는데 붉은 여왕이 참지 못하고 또 끼어들었다.

"바로 그게 문제인 거야! 너는 네가 뜻하는 것을 말했어야지! 아무 의미 없는 말을 하는 아이가 무슨 소용이 있겠니? 심지어 농담에도 어떤 의미가 있어야 한다고. 아이는 농담보다는 훨씬 중요하잖아. 네가 아무리 어찌 해보려고 해도 그걸 부정할 수는 없을 거야."

앨리스가 반박했다.

"저는 부정할 생각 없어요."

붉은 여왕이 말했다.

"아무도 네가 그랬다고 말하지 않았어. 네가 그러면 안 된다는 말을 했을 뿐이란다."

하얀 여왕이 말했다.

"저 아이는 뭔가를 부정하고 싶은 마음이야. 무엇을 부정하는지 모를 뿐이지!"

붉은 여왕이 말했다.

"못되고 사나운 성격이지."

잠시 불편한 침묵이 흘렀다. 붉은 여왕이 하얀 여왕에게 말을 걸어서 그 침묵은 깨졌다.

"오늘 오후에 앨리스의 저녁 만찬에 초대하겠습니다."

하얀 여왕이 희미하게 미소 지으며 말했다.

"그럼 나도 당신을 초대할게요."

앨리스가 말했다.

"저는 제가 만찬을 열어야 한다는 걸 전혀 모르고 있었어요. 하지만 제가 여는 만찬이라면, 제가 직접 손님들을 초대해야 하잖아요."

붉은 여왕이 말했다.

"우리가 너에게 그럴 기회를 줄게. 그런데 너는 예의범절을 많이 배우지 못했구나!"

앨리스가 말했다.

"예의범절은 수업 시간에 배우는 게 아니에요. 수업 시간에는 산수 같은 것들을 배우는 거죠."

하얀 여왕이 물었다.

"그럼, 넌 덧셈을 할 줄 아니? 1 더하기 1 더하기 1 더하기 1 더하기 1 더하기 1 더하기 1 더하기 1 더하기 1은 얼마지?"

앨리스가 말했다.

"모르겠어요. 수를 세다가 중간에 잊어버렸어요."

붉은 여왕이 끼어들었다.

"저 아이는 덧셈을 할 줄 모르는 거야. 그럼 뺄셈은 할 줄 아니? 8 빼기 9는 얼마지?"

앨리스가 쉽게 대답했다.

"8에서 9는 뺄 수는 없어요, 아시잖아요. 하지만……."

하얀 여왕이 말했다.

"저 아이는 뺄셈도 할 줄 모르는 거야. 그렇다면 나눗셈은 할 줄 아니? 칼로 빵 한 덩이를 나누면, 답은 뭐지?"

"제 생각에는……."

앨리스가 대답하려고 하자 붉은 여왕이 앨리스 대신 서둘러 대답했다.

"그거야 물론 버터 바른 빵이지. 뺄셈을 하나 더 해보자. 개 한테서 뼈다귀를 빼앗으면, 뭐가 남지?"

앨리스는 곰곰이 생각했다.

"물론 제가 뼈다귀를 가진다면 뼈다귀는 하나도 남아 있지 않을 거예요. 그 개도 남아 있지 않을 거고요. 개가 저를 물어 버리려고 다가올 테니까요. 그러니 저도 남아 있을 수 없는 게 분명해요!"

붉은 여왕이 말했다.

"그렇다면 너는 아무것도 남지 않는다고 생각한단 말이지?"

"제 생각에 그게 정답이에요."

붉은 여왕이 말했다.

"언제나 그렇듯 넌 또 틀렸어. 개의 성질이 남아 있단다."

"하지만 저는 그걸 알……."

붉은 여왕이 소리쳤다.

"잘 들어봐! 그 개가 성질을 부릴 거잖아, 그렇지 않니?"

앨리스가 조심스럽게 대답했다.

"그럴 지도 모르죠."

붉은 여왕이 의기양양하게 소리쳤다.

"그러면 그 개가 가버려도 개의 성질이 남아 있을 거야!"

앨리스가 최대한 용감하게 말했다.

"그것들은 다른 길로 갈 수도 있어요."

하지만 앨리스는 이렇게 생각할 수밖에 없었다.

"정말로 말도 안 되는 이야기를 하고 있잖아!"

두 여왕이 함께 엄청 강조해서 큰 소리로 말했다.

"저 아이는 산수를 하나도 못해!"

앨리스가 갑자기 하얀 여왕을 보며 말했다. 자신의 잘못을 그렇게 많이 지적당한 게 못마땅해서였다.

"여왕님은 산수를 할 줄 아세요?"

여왕이 한숨을 내쉬더니 눈을 감았다.

"나는 덧셈을 할 줄 알아. 네가 나에게 시간을 준다면. 하지만 나는 어떤 상황에서도 뺄셈은 못하겠어!"

붉은 여왕이 말했다.

"물론 네 이름 철자 정도는 알겠지?"

앨리스가 말했다.

"물론이죠."

하얀 여왕이 속삭였다.

"나도 내 이름 철자는 알아. 우리는 종종 함께 그걸 말하기도 하지. 그리고 내가 비밀 하나 알려줄까? 나는 한 단어를 읽을 수도 있단다. 굉장하지 않니? 하지만 낙담하지 마라. 너도 곧 그렇게 될 거야."

이때 붉은 여왕이 다시 말하기 시작했다.

"유용한 질문에는 대답할 수 있겠니? 빵은 어떻게 만들지?"

앨리스가 진지하게 외쳤다.

"그건 알아요! 밀가루flour를 조금……."

하얀 여왕이 물었다.

"너는 꽃flower을 어디에서 꺾니? 정원에서, 아니면 울타리 안에서?"(밀가루flour와 꽃flower의 발음이 유사해 여왕이 잘못 알아들었다.―옮긴이)

앨리스가 설명했다.

"그건 꺾지 않아요. 그건 가루로 갈아서……(ground, grind의 과거형―옮긴이)."

하얀 여왕이 말했다.

"얼마나 넓은 땅ground에서? 그냥 넘어가려고 하지 마."

붉은 여왕이 초조하게 끼어들었다.

"저 애 머리에 부채질을 해줘! 생각을 너무 많이 해서 열이 날 거야."

그래서 두 여왕은 나뭇잎으로 앨리스에게 부채질하기 시작했

다. 앨리스는 머리카락이 너무 날려서 그들에게 그만하라고 부탁해야 했다. 붉은 여왕이 말했다.

"이제는 이 아이도 다시 괜찮아졌어. 너 혹시 다른 나라 말은 아니?

프랑스어로 fiddel-de-de(시시하다)를 뭐라고 하지?"

앨리스는 진지하게 대답했다.

"fiddel-de-de는 영어가 아니에요."

붉은 여왕이 말했다.

"누가 그런 말을 했니?"

앨리스는 이번에는 곤란함을 벗어날 방법을 확실히 알고 있다고 생각했다.

"'fiddel-de-de'가 어느 나라 말인지 알려주시면 제가 그걸 프랑스어로 말해볼게요!"

앨리스가 의기양양하게 소리쳤다. 하지만 붉은 여왕은 오히려 꼿꼿하게 고개를 세우고 말했다.

"여왕은 절대 협상을 하지 않아."

앨리스가 혼자 생각했다.

'여왕들이 질문을 좀 안 했으면 좋겠어.'

하얀 여왕이 걱정스러운 목소리로 말했다.

"이제 말싸움은 그만해. 번개의 원인은 뭐지?"

앨리스는 이 질문의 답은 꽤 확실하게 안다고 생각해서 아주 단호하게 대답했다.

"번개의 원인은 천둥이에요. 아니, 아니에요!"

앨리스가 갑자기 말을 바꾸었다.

"반대로 말했어요."

붉은 여왕이 말했다.

"말을 바꾸기에는 너무 늦었어. 한 번 이야기하고 나면 그걸로 끝이야. 그 결과를 받아들여야만 해."

하얀 여왕이 고개를 숙이고 내려다보면서 초조하게 손을 쥐었다 폈다 했다.

"그 말을 들으니 생각나네……. 지난 화요일에 엄청난 폭풍이 왔지. 지난 화요일들 중에서 하루를 말하는 거야."

앨리스는 혼란스러웠다.

"우리나라에서는 한 번에 하루밖에 없는데요."

붉은 여왕이 말했다.

"그건 참 불편한 방식이구나. 여기에서는 주로 한 번에 밤낮이 두 번이나 세 번 있단다. 가끔 겨울에는 한꺼번에 밤이 다섯 번 있기도 하지. 따뜻해지려고 말이야."

앨리스가 용기를 내어서 물었다.

"하룻밤보다 다섯 밤이 더 따뜻한가요?"

"물론 다섯 배로 따뜻하지."

"하지만 똑같은 법칙을 적용하면 다섯 배로 춥잖아요."

붉은 여왕이 소리쳤다.

"그렇지! 다섯 배 따뜻하고, 다섯 배 추워. 그리고 내가 너보다 다섯 배는 부자이고, 다섯 배는 더 똑똑해!"

앨리스는 한숨을 내쉬고 나서 완전히 포기해버렸다. 그리고 생각했다.

"정답이 없는 수수께끼 같잖아."

하얀 여왕이 나지막한 목소리로 이야기했다. 이것은 혼잣말에 더 가까웠다.

"험프티 덤프티도 그걸 보았지. 그는 손에 코르크마개 뽑이를 들고 문으로 왔어."

붉은 여왕이 말했다.

"그가 왜 온 거지?"

하얀 여왕이 이어서 말했다.

"험프티 덤프티는 안으로 들어오겠다고 말했어. 하마를 찾고 있다면서. 그런데 마침, 그날 아침에는 집에 하마가 없었지."

앨리스가 깜짝 놀라 물었다.

"평소에는 있단 말인가요?"

여왕이 말했다.

"목요일에만 있단다."

앨리스가 말했다.

"저는 험프티 덤프티가 왜 왔는지 알아요. 물고기를 벌주고 싶어서예요. 그 이유는……."

이때 하얀 여왕이 다시 말하기 시작했다.

"그것은 엄청난 폭풍우였어. 너는 짐작도 못할 정도였지!"

붉은 여왕이 말했다.

"저 아이는 절대 생각도 못할걸."

"지붕 일부가 떨어져 나가서 천둥이 안으로 얼마나 많이 들어왔는지. 그리고 커다란 덩어리로 변해 방을 굴러다니면서 탁자와 물건들을 모두 넘어뜨렸지. 나는 너무 놀라서 내 이름조차 기억나지 않았어!"

앨리스는 생각했다.

'나는 어떤 일이 벌어지는 중간에 내 이름을 기억하려고 애쓰지 않을 거야! 그런 게 다 무슨 소용이 있겠어?'

하지만 앨리스는 불쌍한 여왕의 기분을 상하게 하지나 않을까 염려되어 이 말을 크게 소리 내어 하지는 않았다. 붉은 여왕이 하얀 여왕의 한 손을 잡고 부드럽게 쓰다듬으면서 앨리스에게 말했다.

"폐하가 하얀 여왕을 이해해야 해. 그녀는 선한 의도로 말했지만, 어쩔 수 없이 바보 같은 이야기를 하는 거야. 일반적인 규칙이지."

하얀 여왕이 앨리스를 조심스럽게 쳐다보았다. 앨리스는 어떤 친절한 말을 해야 한다고 생각했지만, 그 순간에는 정말로 아무 말도 떠오르지 않았다. 붉은 여왕이 계속 말했다.

"하얀 여왕은 제대로 된 양육을 받지 못했단다. 하지만 마음씨가 얼마나 고운지 몰라! 머리를 쓰다듬어줘. 그러면 정말 좋아하지!"

하지만 그것은 앨리스가 엄청난 용기를 내야 할 수 있는 일이었다.

"약간의 친절함…… 종이에 머리카락을 넣으면…… 놀랍게도……."

하얀 여왕이 깊은 한숨을 내쉬고 앨리스의 어깨에 머리를 기댔다. 그리고 칭얼거렸다.

"너무 졸려!"

붉은 여왕이 말했다.

"하얀 여왕은 피곤해. 불쌍한 것! 머리카락을 매만져줘. 잠잘 때 쓰는 모자도 빌려주고. 그리고 위로하는 자장가도 불러줘."

앨리스는 첫 번째 지시를 따르면서 말했다.

"저한테는 잠잘 때 쓰는 모자가 없어요. 그리고 자장가도 아는 게 없어요."

붉은 여왕이 말했다.

"그렇다면 내가 직접 불러야겠군."

그리고 나서 붉은 여왕은 자장가를 부르기 시작했다.

"앨리스의 무릎에서 자장자장!
만찬이 준비될 때까지 낮잠 잘 시간이야.
만찬이 끝나면 우리는 무도회장으로 갈 거야.
붉은 여왕과 하얀 여왕, 그리고 앨리스와 모두가!"

붉은 여왕은 노래를 끝낸 뒤 앨리스의 다른 어깨에 머리를 기대고 덧붙여 말했다.

"이제 네가 가사를 아니까 내게도 그 노래를 불러줘. 나도 잠이 쏟아지거든."

다음 순간, 두 여왕 모두 이내 곯아떨어져 깊은 잠에 빠졌고 큰 소리로 코를 골았다. 앨리스는 당황스러워서 주변을 둘러보고 소리쳤다.

"나보고 어쩌라는 거야?"

처음에는 한쪽 머리가, 그다음에 다른 머리가 어깨에서 굴러떨어져 앨리스의 무릎 위에 무거운 덩어리처럼 올려졌다.

"한꺼번에 잠이 든 두 여왕을 돌봐야 했던 사람은 아무도 없었을 거야! 영국 역사에는 전혀 나오지 않는 이야기야. 당연히 그럴 수 없지. 한 번에 여왕이 두 명 존재할 수는 절대 없으니까. 일어나세요! 너무 무거워요!"

앨리스는 짜증을 내며 말했다. 하지만 조용히 코 고는 소리만 들릴 뿐 아무런 대답이 없었다. 그들의 코 고는 소리가 점점 또렷해지더니 차츰 노랫소리처럼 들렸다. 그 노래 가사를 알아들을 수 있게 되자, 앨리스는 귀 기울여 열심히 들었다. 그러느라 커다란 머리 두 개가 갑자기 자신의 무릎에서 사라진 것도 앨리스는 알지 못했다. 앨리스는 어느 순간 아치 모양의 문 앞에 서 있었다. 그 문 위에는 커다란 글자로 '여왕 앨리스'라고 적혀 있었고, 문 양옆에는 초인종이 달린 손잡이가 있었다. 하나는 '방문객의 초인종'이라고 쓰여 있고, 다른 하나에는 '하인의 초인종'이라고 쓰여 있었다. 앨리스는 생각했다.

'노래가 끝날 때까지 기다려야겠어. 그런 다음 초인종을 눌러 야지. 그런데 나는 어떤 초인종을 눌러야 하지?'

앨리스는 그 이름 때문에 굉장히 혼란스러웠다.

'나는 방문객이 아니야. 그렇다고 하인도 아니잖아. 여기에 '여왕'이라고 표시된 초인종이 있었어야 해.'

그때 문이 조금 열리더니, 부리가 긴 동물이 잠시 고개를 내 밀고 말했다.

"다음 주까지 들어올 수 없습니다!"

그러고는 다시 쾅 하고 문을 닫았다. 앨리스는 오랫동안 문 을 두드리고 초인종을 눌러보았지만 헛수고였다. 그런데 나무 아래에 앉아 있던 늙은 개구리가 일어나더니 다리를 절뚝거리 면서 앨리스를 향해 천천히 다가왔다. 그 개구리는 밝은 노란 색 옷을 입고 있었고 엄청나게 큰 장화를 신고 있었다. 개구리 가 엄청나게 쉰 목소리로 속삭였다.

"무슨 일이지?"

앨리스는 누구라도 나무랄 마음으로 돌아보면서 화를 냈다.

"문에서 대답하는 일을 맡은 하인은 어디 있는 거죠?"

개구리가 말했다.

"어떤 문?"

그 개구리가 느릿느릿 말하자 짜증이 난 앨리스가 발을 쿵쿵거렸다.

"당연히 이 문이죠!"

커다랗고 흐리멍덩한 눈으로 개구리는 잠시 문을 바라보았다. 그런 뒤, 더 가까이 다가가 엄지손가락으로 문을 문질렀다. 마치 페인트가 벗겨지지 않는지 확인하려는 것처럼 보였다. 그러고는 앨리스를 쳐다보았다.

"문이 대답을 한다고? 무엇을 물어보았는데?"

그의 목소리가 너무 쉬어 앨리스는 제대로 알아들을 수가 없었다.

앨리스가 말했다.

"무슨 소리를 하는 건지 모르겠어요."

개구리가 계속 말했다.

"나는 영어로 말하고 있어, 안 그래?

아니면 네가 귀머거리인가?

문에게 무엇을 물어봤지?"

앨리스가 조바심을 내며 말했다.

"아무것도요! 저는 그저 문을 두드리고 있었다고요!"

개구리가 중얼거렸다.

"그러면 안 되지. 그러면 안 돼……. 성가시게 해야 돼."

그리고 개구리는 문으로 다가가 자신의 커다란 발로 그 문을 찼다.

"문을 내버려둬. 그러면 문도 너를 내버려둘 거야."

개구리는 숨을 헐떡이며 다시 나무 아래로 절뚝거리면서 돌아갔다. 그 순간 문이 활짝 열렸고, 노래를 부르는 날카로운 목소리가 안에서 들려왔다.

"앨리스가 거울 나라에게 한 말이네.
'나는 손에 여왕의 홀을 들고 있고, 내 머리에는 왕관이 있다네.
거울 나라 동물들아, 그대들이 무엇이든 어서 와서 붉은 여왕과
하얀 여왕, 그리고 나와 함께 만찬을 들자!'

수백 명의 목소리가 다 함께 합창했다.

"어서 빨리 잔을 가득 채워라.
단추와 겨를 탁자에 뿌려라.
커피에 고양이를 넣고, 차에는 쥐를 넣어라.
여왕 앨리스를 30 곱하기 3번 환영하자!"

그다음에는 시끄러운 환호 소리가 들렸다. 앨리스는 생각했다.
'30 곱하기 3은 90이잖아. 누군가 수를 센다는 말인가?'
잠시 후, 다시 침묵이 찾아왔다. 그리고 똑같은 목소리가 다른 가사의 노래를 불렀다.

"'오, 거울 나라 동물들아'라고 앨리스가 말했다네.

가까이 오너라! 나를 보게 되어 영광일 것이다.

내 목소리를 듣고 싶을 것이다.

저녁을 먹고 차를 마시다니 대단한 특권이네.

붉은 여왕과 하얀 여왕, 그리고 나와 함께!"

그다음에 다시 합창을 했다.

"당밀과 잉크로 잔을 가득 채워라.

아니면 즐겁게 마시고 싶은 것들로 잔을 채워라.

사과 주스와 모래를 섞고 포도주와 양털을 섞어라.

여왕 앨리스를 90 곱하기 9번 환영하자!"

앨리스는 절망스러운 심정으로 말했다.

"90 곱하기 9라니! 아, 절대 끝나지 않을 거야! 내가 바로 들어가는 게 좋겠어."

앨리스가 안으로 들어가 모습을 드러내자, 그 순간 그곳은 죽은 듯이 조용해졌다. 앨리스는 커다란 방을 걸어갔다. 긴장한 채 탁자 주변을 얼핏 둘러보았다. 그곳에는 온갖 종류의 손님들이 50명 정도 와 있었다. 동물과 새들이 있었고, 그들 사이에는 꽃들도 몇 송이 있었다. 앨리스는 생각했다.

"초대받기를 기다리지 않고 먼저 와 있어서 다행이야. 누구를 초대해야 할지 나는 전혀 모르니까!"

그 탁자의 머리 부분에는 의자가 세 개 있었다. 붉은 여왕과 하얀 여왕이 이미 의자 두 개를 차지하고 앉아 있었고, 가운데에 있는 의자는 비어 있었다. 앨리스는 조심스럽게 의자로 가서 앉았다. 그런 침묵 속에 있자니 너무 불편해서 앨리스는 누군가가 말을 꺼내기를 간절히 바랐다. 마침내 붉은 여왕이 입을 열었다.

　"수프와 생선 요리를 놓쳤구나. 구운 고기를 내와라!"

　그러자 하인들이 앨리스 앞에 양고기 다리를 내놓았다. 앨리스는 한 번도 구운 고기를 잘라본 적이 없어서 그 고기를 걱정스레 쳐다보고 있었다. 붉은 여왕이 말했다.

　"수줍어하는 것 같구나. 내가 너에게 양고기 다리를 소개해 주마. 앨리스, 이건 양고기야. 양고기야, 여긴 앨리스야."

　그 양고기 다리가 접시에서 일어나더니 앨리스에게 가볍게 절을 했다. 놀라야 하는 건지 즐거워해야 하는 건지 알 수 없어서 앨리스도 같이 인사를 했다. 앨리스가 칼과 포크를 들고서 두 여왕을 번갈아 보며 말했다.

　"한 조각 드릴까요?"

　붉은 여왕이 굉장히 단호하게 말했다.

　"절대 안 돼. 소개받은 고기를 자르는 것은 예의가 아니야. 고기를 치워라!"

　그러자 하인들이 고기를 가져간 뒤 커다란 건포도 푸딩을 그 자리에 가져다 놓았다. 앨리스가 서둘러 말했다.

"푸딩은 소개받지 않을래요. 그렇지 않으면 우리는 저녁을 전혀 못 먹을 거예요. 제가 조금 드릴까요?"

그러나 붉은 여왕은 못마땅한 표정을 지으며 으르렁거렸다.

"푸딩, 여긴 앨리스야. 앨리스, 이건 푸딩이야. 푸딩을 치워라!"

그러자 하인들이 재빨리 푸딩을 가져가버렸다. 그 바람에 앨리스는 인사도 하지 못했다. 그런데 앨리스는 꼭 붉은 여왕만 명령을 내려야 하는 것인지 이해할 수가 없었다. 그녀는 시험 삼아 소리쳐보았다.

"여기! 푸딩을 다시 가져오너라!"

그러자 그 순간, 마술처럼 푸딩이 되돌아왔다. 푸딩이 너무 커서 앨리스는 양고기를 보았을 때처럼 약간 수줍음을 느꼈다. 하지만 앨리스는 부단히 노력해서 그 수줍음을 이겨내고 푸딩을 잘라서 붉은 여왕에게 건넸다. 푸딩이 말했다.

"정말 무례하구나! 내가 너를 자른다면 너는 기분이 어떻겠니?"

푸딩의 목소리는 두껍고 기름졌다. 앨리스는 뭐라고 대답할 말이 없었다. 그저 아무 말 없이 가만히 앉아서 푸딩을 바라보았다. 붉은 여왕이 말했다.

"한마디 해야지. 푸딩만 말하게 하는 건 웃기는 일이야!"

앨리스가 말했다.

"그거 아세요? 저는 오늘 수많은 시를 들었어요."

앨리스가 입을 연 순간, 또다시 쥐 죽은 듯이 조용해져서 조금 놀랐다. 모든 시선이 앨리스에게 고정되었다. 앨리스는 계속해서 이야기했다.

"아주 신기하게도 모든 시가 물고기와 조금씩 관련이 있었어요. 여기에 사는 사람들은 왜 그렇게 물고기를 좋아하는지 아세요?"

앨리스는 붉은 여왕에게 물었다. 붉은 여왕은 조금 엉뚱한 대답을 내놓았다. 아주 느리고 진지하게 앨리스의 귀에 입을 바짝 대고 말했다.

"물고기에 관해서라면, 하얀 여왕이 재미있는 수수께끼를 알고 있지. 모두 시고, 물고기에 대한 것이야. 하얀 여왕에게 외워보라고 할까?"

하얀 여왕이 앨리스의 다른 쪽 귀에 대고 중얼거렸다. 마치 비둘기가 구구거리는 것 같은 목소리였다.

"붉은 여왕이 아주 친절하게 언급해주었구나.

매우 재밌을 거야! 내가 외워볼까?"

앨리스가 아주 공손하게 대답했다.

"네, 그러십시오."

하얀 여왕이 기뻐서 큰 소리로 웃으며 앨리스의 볼을 쓰다듬었다. 그리고 시를 외우기 시작했다.

"'첫째, 그 물고기를 잡아야 했네.'
그것은 쉬운 일이지.
내 생각에 아기도 그 물고기를 잡을 수 있지.
'그다음, 그 물고기는 샀어야 했네.'
그것은 쉬운 일이지.
내 생각에 1페니로 그 물고기를 살 수가 있지.

'이제 그 물고기를 요리해!'
그것은 쉬운 일이지. 1분도 걸리지 않을 거야.
'접시에 그 물고기를 눕혀라!'
그것은 쉬운 일이지.
이미 그 물고기가 누워 있거든.

'물고기를 가져오너라!
내가 먹을 거야!'
그 접시를 탁자 위에 두는 것은 쉬운 일이지.
'접시 뚜껑을 치워라!'
아, 그건 너무 어려워서 내가 할 수 없을 것 같아!

물고기가 뚜껑을 풀처럼 딱 잡고 있어서
그 뚜껑이 접시에 달라붙어 있네.
그 물고기가 중간에 누워 있는데.

어떤 게 가장 쉬울까?

그 물고기의 접시 뚜껑을 여는 걸까,

수수께끼의 접시 뚜껑을 여는 걸까?"

붉은 여왕이 말했다.

"잠시 생각해보고 정답을 맞춰봐. 그동안 우리는 네 건강을 위해 건배할 거야. 여왕 앨리스의 건강을 위하여!"

붉은 여왕이 목청껏 소리치자, 모든 손님들이 곧바로 잔을 들고 서둘러 마시기 시작했다. 그런데 그들이 음료를 마시는 모습이 굉장히 이상했다. 어떤 손님들은 촛불 끄는 기구처럼 잔을 머리 위에 쓰더니 얼굴로 뚝뚝 흘러내리는 음료를 마셨다. 그리고 어떤 이들은 병을 쓰러뜨린 뒤 탁자 끝으로 달려가 탁자에서 흘러내리는 포도주를 마셨다. 손님 중 세 명은(캥거루처럼 생겼다) 구운 양고기 접시로 재빨리 달려가더니 열심히 소스를 핥아먹었다. 앨리스는 생각했다.

'여물통에 있는 돼지들 같아.'

붉은 여왕이 앨리스를 보고 얼굴을 찌푸리며 말했다.

"답례로 고맙다는 연설을 해야지."

앨리스는 약간 놀랐지만 순순히 일어났다. 하얀 여왕이 앨리스에게 속삭였다.

"우리가 너를 도와줘야겠구나."

앨리스도 속삭이며 대답했다.

"너무 감사해요! 하지만 도움 없이도 저 혼자 잘 할 수 있어요."

붉은 여왕이 단호하게 말했다.

"전혀 그렇지 않을 거야."

그래서 앨리스는 기분 좋게 연설하려고 노력했다.

(나중에 앨리스는 친언니에게 그 만찬에 대한 이야기를 들려주면서 이렇게 말했다. "그 여왕들이 나를 엄청 밀어붙였어! 나를 납작하게 만들려고 했다고 생각하면 될 거야!")

실제로 앨리스는 연설하는 동안 자신의 자리를 지키기가 상당히 어려웠다. 두 여왕이 양쪽에서 너무 밀어붙이는 바람에 앨리스는 거의 공중으로 뜰 지경이었다. 앨리스가 연설을 시작했다.

"감사함을 표하기 위해 일어났습니다."

앨리스는 말하면서 실제로 몇 센티미터 위로 올라갔다. 그렇지만 탁자의 가장자리를 꽉 붙잡고 있어서 가까스로 다시 앉을 수 있었다. 하얀 여왕이 두 손으로 앨리스의 머리카락을 잡고 소리를 질렀다.

"조심해! 이제 무슨 일이 벌어질 거야!"

(앨리스가 나중에 묘사한 바로는 이랬다.)

그 순간, 온갖 종류의 일들이 일어났다. 촛불들은 전부 천장까지 키가 자라서 마치 불꽃놀이하는 골풀 밭처럼 보였다. 음료수 병들은 각각 접시 두 개를 날개처럼 옆에 달고서 포크를 다리로 삼아 사방으로 파닥거리며 날아다녔다. 앨리스는 그 끔

적한 소동 속에서 생각했다.

'병들이 새처럼 보여.'

그때 옆에서 쉰 목소리로 웃는 소리가 들려 앨리스는 하얀 여왕에게 무슨 일이 있는지 보려고 고개를 돌렸다. 하지만 그 의자에는 하얀 여왕 대신 양고기 다리가 앉아 있었다. 그리고 수프 그릇에서 외치는 소리가 들렸다.

"나 여기 있어!"

앨리스가 다시 돌아보자, 수프 그릇 끄트머리 위로 하얀 여왕의 넓고 착한 얼굴이 잠시 앨리스를 보며 웃고 있었다. 그런 뒤, 하얀 여왕은 수프 속으로 사라져버렸다. 잠시도 지체할 시간이 없었다. 이미 몇몇 손님은 접시에 누워 있었고, 수프 국자는 앨리스의 의자를 향해 탁자 위를 걸어오면서 자기가 가는 길에서 비키라며 앨리스를 보고 초조하게 손짓했다. 앨리스가 소리쳤다.

"더는 못 참겠어!"

앨리스는 벌떡 일어나 두 손으로 탁자 보를 쥐고 능숙하게 잡아당겼다. 그 바람에 접시와 그릇들, 손님들은 물론 초까지 모두 바닥으로 떨어져 산산조각이 났다.

"그리고 너 말이야."

앨리스는 붉은 여왕을 사납게 쳐다보았다. 붉은 여왕이 이런 장난을 친 것이 분명하다고 생각했기 때문이다. 하지만 붉은 여왕은 이미 그 자리에 없었다. 여왕은 갑자기 작은 인형 크기로 줄어들어 있었다. 그리고 탁자 위에서 이제는 바닥에 끌리는 자기 숄을 쫓아 즐겁게 빙글빙글 돌고 있었다. 다른 때 같았으면 앨리스는 이 모습을 보고 놀랐을 테지만, 지금은 너무 흥분한 나머지 어떤 일에도 놀라지 않았다. 탁자 위에서 우연히 발견한 병을 막 뛰어넘으려고 하는 작은 붉은 여왕을 앨리스가 집어 들었다.

"이게 다 너 때문이야. 너를 흔들어서 새끼 고양이로 만들어 버리고 말 거야!"

10. 흔들기

앨리스는 붉은 여왕을 탁자에서 들어 올려 있는 힘껏 앞뒤로 흔들었다. 붉은 여왕은 어떠한 반항도 하지 않았다. 여왕의 얼굴은 점점 더 작아지고 눈은 커지면서 초록색으로 변했다. 앨리스가 계속해서 붉은 여왕을 흔들자 붉은 여왕은 점점 더 작아지고, 점점 더 뚱뚱해지고, 점점 더 부드러워지고, 점점 더 동그래졌다. 그리고.

11. 깨어나기

결국 그것은 정말 새끼 고양이로 변했다.

12. 그것은 누가 꾼 꿈이었을까?

✦✦✦ "붉은 여왕 폐하는 그렇게 큰 소리로 가르랑거려서는 안 됩니다."

앨리스가 두 눈을 비비면서 공손하지만 약간 엄격한 말투로 새끼 고양이에게 말했다.

"네가 나를 깨웠구나! 정말 멋진 꿈이었어! 거울 나라에 있는 동안 너는 줄곧 나와 함께 있었어, 키티야. 너도 알고 있었니?"

고양이에게 무슨 말을 하든 언제나 가르랑거리는 것이 고양이들의 불편한 습성이었다.(앨리스가 앞서 언급을 했었다.)

앨리스가 말했다.

"새끼 고양이들이 가르랑거리면 '네', 야옹 하면 '아니요'라고 말하는 것이라는 규칙이 있다면 누구나 대화를 계속할 수 있을 텐데! 늘 똑같은 말만 한다면 그 사람과 어떻게 대화를 나눌 수 있겠어?"

이때에도 새끼 고양이는 가르랑거릴 뿐이었다. 그것이 '네'인지 '아니요'인지 짐작하는 것은 불가능했다. 앨리스는 탁자 위에 있는 체스 말들 사이에서 붉은 여왕을 찾아냈다. 그리고 난로 앞 깔개에 무릎 꿇고 앉아 새끼 고양이와 붉은 여왕을 서로 마주 보게 내려놓았다. 앨리스는 의기양양하게 손뼉을 치며 소리쳤다.

"자, 키티야! 저게 네가 변했던 거라고 고백해!"

나중에 앨리스가 자기 언니에게 설명할 때 이렇게 말했다.

"하지만 고양이는 쳐다보지도 않았어. 고양이가 고개를 돌리면서 못 본 척하지 뭐야. 조금 부끄러워하는 것 같았어. 그래서 나는 고양이가 붉은 여왕이 분명하다고 생각해."

앨리스는 즐겁게 웃으면서 소리쳤다.

"조금 더 꼿꼿하게 앉아, 키티야! 넌 이제부터 가르랑거리는 것을 생각하는 동안 절을 해. 그러면 시간을 아낄 수 있어, 꼭 기억해!"

그리고 앨리스는 새끼 고양이를 들어 올려 살짝 입 맞추었다.

"네가 붉은 여왕이었다는 걸 기리는 거야."

"스노드롭, 내 야옹아!"

앨리스는 고개를 돌려 어깨너머로 하얀 새끼 고양이를 보았다. 하얀 새끼 고양이는 여전히 참을성 있게 몸단장을 받고 있었다.

"다이나는 하얀 여왕 폐하의 세수를 언제쯤 끝마칠까? 내 꿈 속에서 네가 그렇게 지저분했던 이유가 그것 때문인 게 분명해. 다이나! 네가 지금 하얀 여왕을 문지르고 있다는 걸 알고 있니? 정말 무례하구나!"

"그런데 다이나는 뭘로 변했을까?"

앨리스는 바닥에 편안하게 자리를 잡고서 한쪽 손으로 턱을 괴고 새끼 고양이들을 쳐다보면서 계속 이야기했다.

"말해줘, 다이나. 혹시 네가 험프티 덤프티였니? 내 생각에는 그랬을 것 같은데. 하지만 아직 그 이야기를 네 친구들에게는 하지 않는 게 좋겠어. 확실하지 않으니까. 그런데 키티야, 네가

내 꿈속에서 정말로 나와 함께 있었다면, 네가 정말 즐거워했을 일이 하나 있어. 나는 상당히 많은 시를 들었는데, 모두 물고기에 관한 시였단다! 내일 아침에 넌 진짜 물고기를 먹을 수 있을거야! 네가 아침을 먹는 동안 내가 「바다코끼리와 목수」라는 시를 외워줄게. 그러면 너는 굴을 먹고 있다고 믿게 될 거야! 키티야, 이제 그것은 누가 꾼 꿈이었는지 생각해보자. 이건 정말 심각한 문제야. 그렇게 앞발을 핥지 마. 다이나가 오늘 아침에 너를 닦아주지 않은 것 같잖아! 봐, 키티야, 그건 내 꿈이었거나 붉은 왕의 꿈이 분명해. 물론 붉은 왕도 내 꿈속에 있었지. 하지만 나도 붉은 왕의 꿈속에 있었다고! 붉은 왕이 꾼 꿈이었을까, 키티야? 너는 그의 부인이었잖아. 그러니 분명히 알고 있을거야. 아, 키티야, 제발 알려줘! 네 앞발도 기다려줄 거야!"

　하지만 약이 오른 새끼 고양이는 다른 앞발을 핥기 시작했을 뿐 못 들은 척했다. 도대체 그것은 누가 꾼 꿈이었을까?

　　"7월의 어느 저녁,
　　배 한 척이 화창한 하늘 아래에서
　　꿈을 꾸듯 천천히 나아가네.
　　아이들 세 명이 편안하게 앉아
　　진지한 눈빛으로 귀를 기울이며
　　소박한 이야기를 즐겁게 듣고 있네.
　　화창한 하늘이 오래전에 창백해지고

메아리는 옅어지고 기억들은 희미해져
가을의 서리가 7월을 쫓아냈네.
하늘 아래에서 움직이는 앨리스의 모습은
깨어 있는 내 눈에 전혀 보이지 않는데
여전히 유령처럼 내 주위를 떠나지 않네.
하지만 아이들은 이야기에 귀 기울이지.
진지한 눈빛으로 귀 기울이며
사랑스럽게 다가와 앉아
아이들은 이상한 나라에 누워
날이 지나도록 꿈을 꾸고
여름이 끝나도록 꿈을 꾸네.
황금빛 햇살 아래
끝없이 흐르는 강물을 따라가네.
인생이란, 그저 꿈이 아니겠는가?"

Through the Looking-Glass

· The Original Text ·

Child of the pure unclouded brow
And dreaming eyes of wonder!
Though time be fleet, and I and thou
Are half a life asunder,
Thy loving smile will surely hail
The love-gift of a fairy-tale.

I have not seen thy sunny face,
Not heard thy silver laughter;
No thought of me shall find a place
In thy young life's hereafter—
Enough that now thou wilt not fail
To listen to my fairy-tale.

A tale begun in other days,
When summer suns were glowing—
A simple chime, that served to time
The rhythm of our rowing—
Whose echoes live in memory yet,
Though envious years would say 'forget.'

Come, hearken then, ere voice of dread,
With bitter tidings laden,
Shall summon to unwelcome bed
A melancholy maiden!
We are but older children, dear,
Who fret to find our bedtime near.

Without, the frost, the blinding snow,
The storm-wind's moody madness-
Within, the firelight's ruddy glow,
And childhood's nest of gladness.
The magic words shall hold thee fast;
Thou shalt not heed the raving blast.

And, though the shadow of a sigh
May tremble through the story,
For 'happy summer days' gone by,
And vanish'd summer glory.

· CONTENTS ·

CHAPTER 1

Looking-Glass house

One thing was certain, that the white kitten had had nothing to do with it: — it was the black kitten's fault entirely. For the white kitten had been having its face washed by the old cat for the last quarter of an hour (and bearing it pretty well, considering); so you see that it couldn't have had any hand in the mischief.

The way Dinah washed her children's faces was this: first she held the poor thing down by its ear with one paw, and then with the other paw she rubbed its face all over, the wrong way, beginning at the nose: and just now, as I said, she was hard at work on the white kitten, which was lying quite still and trying to purr—no doubt feeling that it was all meant for its good.

But the black kitten had been finished with earlier in the afternoon, and so, while Alice was sitting curled up in a corner of the great arm-chair, half talking to herself and half asleep, the kitten had been having a grand game of romps with the ball of worsted Alice had been trying to wind up, and had been rolling it up and down till it had all come undone again; and there it was, spread over the hearth-rug, all knots and tangles, with the kitten running after its own tail in the middle.

'Oh, you wicked little thing!' cried Alice, catching up the kitten, and giving it a little kiss to make it understand that it was in disgrace. 'Really, Dinah ought to have taught you better manners! You ought, Dinah, you know you ought!' she added, looking reproachfully at the old cat, and speaking in as cross a voice as she could manage—and then she scrambled back into the arm-chair, taking the kitten and the worsted with her, and began winding up the ball again. But she didn't get on very fast, as she was talking all the time, sometimes to the kitten, and sometimes to herself. Kitty sat very demurely on her knee, pretending to watch the progress of the winding, and now and then putting out one paw and gently touching the ball, as if it would be glad to help, if it might.

'Do you know what to-morrow is, Kitty?' Alice began. 'You'd have guessed if you'd been up in the window with me—only Dinah was making you tidy, so you couldn't. I was watching the boys getting in sticks for the bonfire—and it wants plenty of sticks, Kitty! Only it got so cold, and it snowed so, they had to leave off. Never mind, Kitty, we'll go and see the bonfire to-morrow.' Here Alice wound two or three turns of the worsted round the kitten's neck, just to see how it would look: this led to a scramble, in which the ball rolled down upon the floor, and yards and yards of it got unwound again.

'Do you know, I was so angry, Kitty,' Alice went on as soon as they were comfortably settled again, 'when I saw all the mischief you had been doing, I was very nearly opening the window, and putting you out into the snow! And you'd have deserved it, you little mischievous darling! What have you got to say for yourself? Now don't interrupt me!' she went on, holding up one finger. 'I'm going to tell you all your faults. Number one: you squeaked twice while Dinah was washing your face this morning. Now you can't deny it, Kitty: I heard you! What's that you say?' (pretending that the kitten was speaking.) 'Her paw went into your eye? Well, that's your fault, for keeping your eyes open — if you'd shut them tight up, it wouldn't have happened. Now don't make any more excuses, but listen! Number two: you pulled Snowdrop away by the tail just as I had put down the saucer of milk before her! What, you were thirsty, were you? How do you know she wasn't thirsty too? Now for number three: you unwound every bit of the worsted while I wasn't looking!

'That's three faults, Kitty, and you've not been punished for any of them yet. You know I'm saving up all your punishments for Wednesday week — Suppose they had saved up all my punishments!' she went on, talking more to herself than the kitten. 'What would they do at the end of a year? I should be sent to prison, I suppose, when the day came. Or— let me see — suppose each punishment was to be going without a dinner: then, when the miserable day came, I should have to go without fifty dinners at once! Well, I shouldn't mind that much! I'd far rather go without them than eat them!

'Do you hear the snow against the window-panes, Kitty? How nice and soft it sounds! Just as if some one was kissing the window all over outside. I wonder if the snow loves the trees and fields, that it kisses them so gently? And then it covers them up snug, you know, with a white quilt; and perhaps it says, "Go to sleep, darlings, till the summer comes again." And when they wake up in the summer, Kitty, they dress themselves all in green, and dance about — whenever the wind blows — oh, that's very pretty!' cried Alice, dropping the ball of worsted to clap her hands. 'And I do so wish it was true! I'm sure the woods look sleepy in the autumn, when the leaves are getting brown.

'Kitty, can you play chess? Now, don't smile, my dear, I'm asking it seriously. Because, when we were playing just now, you watched just as if you understood it: and when I said "Check!" you purred! Well, it was a nice check, Kitty, and really I might have won, if it hadn't been for that nasty Knight, that came wiggling down among my pieces. Kitty, dear, let's pretend?' And here I wish I could tell you half the things Alice used to say, beginning with her favourite phrase 'Let's pretend.' She had had quite a long argument with her sister only the day before — all because Alice had begun with 'Let's pretend we're kings and queens,' and her sister, who liked being very exact, had argued that they couldn't, because there were only two of them, and Alice had been reduced at last to say, 'Well, you can be one of them then, and I'll be all the rest.' And once she had really frightened her old nurse by shouting suddenly in her ear, 'Nurse! Do let's pretend that I'm a hungry hyaena, and you're a bone.'

But this is taking us away from Alice's speech to the kitten. 'Let's pretend that you're the Red Queen, Kitty! Do you know, I think if you sat up and folded your arms, you'd look exactly like her. Now do try, there's a dear!' And Alice got the Red Queen off the table, and set it up before the kitten as a model for it to imitate: however, the thing didn't succeed, principally, Alice said, because the kitten wouldn't fold its arms properly. So, to punish it, she held it up to the Looking-glass, that it might see how sulky it was – 'and if you're not good directly,' she added, 'I'll put you through into Looking-glass House. How would you like that?'

'Now, if you'll only attend, Kitty, and not talk so much, I'll tell you all my ideas about Looking-glass House. First, there's the room you can see through the glass – that's just the same as our drawing room, only the things go the other way. I can see all of it when I get upon a chair – all but the bit behind the fireplace. Oh! I do so wish I could see that bit! I want so much to know whether they've a fire in the winter: you never can tell, you know, unless our fire smokes, and then smoke comes up in that room too – but that may be only pretence, just to make it look as if they had a fire. Well then, the books are something like our books, only the words go the wrong way; I know that, because I've held up one of our books to the glass, and then they hold up one in the other room.

'How would you like to live in Looking-glass House, Kitty? I wonder if they'd give you milk in there? Perhaps Looking-glass milk isn't good to drink—But oh, Kitty! now we come to the passage. You can just see a little peep of the passage in Looking-glass House, if you leave the door of our drawing-room wide open: and it's very like our passage as far as you can see, only you know it may be quite different on beyond. Oh, Kitty! how nice it would be if we could only get through into Looking-glass House! I'm sure it's got, oh! such beautiful things in it! Let's pretend there's a way of getting through into it, somehow, Kitty. Let's pretend the glass has got all soft like gauze, so that we can get through. Why, it's turning into a sort of mist now, I declare! It'll be easy enough to get through—' She was up on the chimney-piece while she said this, though she hardly knew how she had got there. And certainly the glass was beginning to melt away, just like a bright silvery mist.

In another moment Alice was through the glass, and had jumped lightly down into the Looking-glass room. The very first thing she did was to look whether there was a fire in the fireplace, and she was quite pleased to find that there was a real one, blazing away as brightly as the one she had left behind. 'So I shall be as warm here as I was in the old room,' thought Alice: 'warmer, in fact, because there'll be no one here to scold me away from the fire. Oh, what fun it'll be, when they see me through the glass in here, and can't get at me!'

Then she began looking about, and noticed that what could be seen from the old room was quite common and uninteresting, but that all the rest was as different as possible. For instance, the pictures on the wall next the fire seemed to be all alive, and the very clock on the chimney-piece (you know you can only see the back of it in the Looking-glass) had got the face of a little old man, and grinned at her.

'They don't keep this room so tidy as the other,' Alice thought to herself, as she noticed several of the chessmen down in the hearth among the cinders: but in another moment, with a little 'Oh!' of surprise, she was down on her hands and knees watching them. The chessmen were walking about, two and two!

'Here are the Red King and the Red Queen,' Alice said (in a whisper, for fear of frightening them), 'and there are the White King and the White Queen sitting on the edge of the shovel — and here are two castles walking arm in arm — I don't think they can hear me,' she went on, as she put her head closer down, 'and I'm nearly sure they can't see me. I feel somehow as if I were invisible?'

Here something began squeaking on the table behind Alice, and made her turn her head just in time to see one of the White Pawns roll over and begin kicking: she watched it with great curiosity to see what would happen next.

'It is the voice of my child!' the White Queen cried out as she rushed past the King, so violently that she knocked him over among the cinders. 'My precious Lily! My imperial kitten!' and she began scrambling wildly up the side of the fender.

'Imperial fiddlestick!' said the King, rubbing his nose, which had been hurt by the fall. He had a right to be a little annoyed with the Queen, for he was covered with ashes from head to foot.

Alice was very anxious to be of use, and, as the poor little Lily was nearly screaming herself into a fit, she hastily picked up the Queen and set her on the table by the side of her noisy little daughter.

The Queen gasped, and sat down: the rapid journey through the air had quite taken away her breath and for a minute or two she could do nothing but hug the little Lily in silence. As soon as she had recovered her breath a little, she called out to the White King, who was sitting sulkily among the ashes, 'Mind the volcano!'

'What volcano?' said the King, looking up anxiously into the fire, as if he thought that was the most likely place to find one.

'Blew-me-up,' panted the Queen, who was still a little out of breath. 'Mind you come up — the regular way — don't get blown up!'

Alice watched the White King as he slowly struggled up from bar to bar, till at last she said, 'Why, you'll be hours and hours getting to the table, at that rate. I'd far better help you, hadn't I?' But the King took no notice of the question: it was quite clear that he could neither hear her nor see her.

So Alice picked him up very gently, and lifted him across more slowly than she had lifted the Queen, that she mightn't take his breath away: but, before she put him on the table, she thought she might as well dust him a little, he was so covered with ashes.

She said afterwards that she had never seen in all her life such a face as the King made, when he found himself held in the air by an invisible hand, and being dusted: he was far too much astonished to cry out, but his eyes and his mouth went on getting larger and larger, and rounder and rounder, till her hand shook so with laughing that she nearly let him drop upon the floor.

'Oh! please don't make such faces, my dear!' she cried out, quite forgetting that the King couldn't hear her. 'You make me laugh so that I can hardly hold you! And don't keep your mouth so wide open! All the ashes will get into it — there, now I think you're tidy enough!' she added, as she smoothed his hair, and set him upon the table near the Queen.

The King immediately fell flat on his back, and lay perfectly still: and Alice was a little alarmed at what she had done, and went round the room to see if she could find any water to throw over him. However, she could find nothing but a bottle of ink, and when she got back with it she found he had recovered, and he and the Queen were talking together in a frightened whisper — so low, that Alice could hardly hear what they said.

The King was saying, 'I assure, you my dear, I turned cold to the very ends of my whiskers!'

To which the Queen replied, 'You haven't got any whiskers.'

'The horror of that moment,' the King went on, 'I shall never, never forget!'

'You will, though,' the Queen said, 'if you don't make a memorandum of it.'

Alice looked on with great interest as the King took an enormous memorandum-book out of his pocket, and began writing. A sudden thought struck her, and she took hold of the end of the pencil, which came some way over his shoulder, and began writing for him.

The poor King looked puzzled and unhappy, and struggled with the pencil for some time without saying anything; but Alice was too strong for him, and at last he panted out, 'My dear! I really must get a thinner pencil. I can't manage this one a bit; it writes all manner of things that I don't intend?'

'What manner of things?' said the Queen, looking over the book (in which Alice had put 'The White Knight is sliding down the poker. He balances very badly') 'That's not a memorandum of your feelings!'

There was a book lying near Alice on the table, and while she sat watching the White King (for she was still a little anxious about him, and had the ink all ready to throw over him, in case he fainted again), she turned over the leaves, to find some part that she could read, '— for it's all in some language I don't know,' she said to herself.

It was like this.

YKCOWREBBAJ

sevot yhtils eht dna, gillirb sawT'ebaw eht ni elbmig dna eryg diD, sevogorob eht erew ysmim llA. ebargtuo shtar emom eht dnA

She puzzled over this for some time, but at last a bright thought struck her. 'Why, it's a Looking-glass book, of course! And if I hold it up to a glass, the words will all go the right way again.'

This was the poem that Alice read.

JABBERWOCKY

'Twas brillig, and the slithy toves Did gyre and gimble in the wabe; All mimsy were the borogoves, And the mome raths outgrabe. 'Beware the Jabberwock, my son! The jaws that bite, the claws that catch! Beware the Jubjub bird, and shun The frumious Bandersnatch!' He took his vorpal sword in hand: Long time the manxome foe he sought? So rested he by the Tumtum tree, And stood awhile in thought. And as in uffish thought he stood, The Jabberwock, with eyes of flame, Came whiffling through the tulgey wood, And burbled as it came! One, two! One, two! And through and through The vorpal blade went snicker-snack! He left it dead, and with its head He went galumphing back. 'And hast thou slain the Jabberwock? Come to my arms, my beamish boy! O frabjous day! Callooh! Callay!' He chortled in his joy. 'Twas brillig, and the slithy toves Did gyre and gimble in the wabe; All mimsy were the borogoves, And the mome raths outgrabe.

'It seems very pretty,' she said when she had finished it,

'but it's rather hard to understand!' (You see she didn't like to confess, ever to herself, that she couldn't make it out at all.) 'Somehow it seems to fill my head with ideas — only I don't exactly know what they are! However, somebody killed something: that's clear, at any rate.'

'But oh!' thought Alice, suddenly jumping up, 'if I don't make haste I shall have to go back through the Looking-glass, before I've seen what the rest of the house is like! Let's have a look at the garden first!' She was out of the room in a moment, and ran down stairs — or, at least, it wasn't exactly running, but a new invention of hers for getting down stairs quickly and easily, as Alice said to herself. She just kept the tips of her fingers on the hand-rail, and floated gently down without even touching the stairs with her feet; then she floated on through the hall, and would have gone straight out at the door in the same way, if she hadn't caught hold of the door-post. She was getting a little giddy with so much floating in the air, and was rather glad to find herself walking again in the natural way.

CHAPTER 2

The Garden of Live Flowers

'I should see the garden far better,' said Alice to herself, 'if I could get to the top of that hill: and here's a path that leads straight to it—at least, no, it doesn't do that?' (after going a few yards along the path, and turning several sharp corners), 'but I suppose it will at last. But how curiously it twists! It's more like a corkscrew than a path! Well, this turn goes to the hill, I suppose—no, it doesn't! This goes straight back to the house! Well then, I'll try it the other way.'

And so she did: wandering up and down, and trying turn after turn, but always coming back to the house, do what she would. Indeed, once, when she turned a corner rather more quickly than usual, she ran against it before she could stop herself.

'It's no use talking about it,' Alice said, looking up at the house and pretending it was arguing with her. 'I'm not going in again yet. I know I should have to get through the Looking-glass again—back into the old room—and there'd be an end of all my adventures!'

So, resolutely turning her back upon the house, she set out once more down the path, determined to keep straight on till she got to the hill. For a few minutes all went on well, and she was just saying, 'I really shall do it this time?' when the path gave a sudden twist and shook itself (as she described it afterwards), and the next moment she found herself actually walking in at the door.

'Oh, it's too bad!' she cried. 'I never saw such a house for getting in the way! Never!'

However, there was the hill full in sight, so there was nothing to be done but start again. This time she came upon a large flower-bed, with a border of daisies, and a willow-tree growing in the middle.

'O Tiger-lily,' said Alice, addressing herself to one that was waving gracefully about in the wind, 'I wish you could talk!'

'We can talk,' said the Tiger-lily: 'when there's anybody worth talking to.'

Alice was so astonished that she could not speak for a minute: it quite seemed to take her breath away. At length, as the Tiger-lily only went on waving about, she spoke again, in a timid voice—almost in a whisper. 'And can all the flowers talk?'

'As well as you can,' said the Tiger-lily. 'And a great deal louder.'

'It isn't manners for us to begin, you know,' said the Rose, 'and I really was wondering when you'd speak! Said I to myself, "Her face has got some sense in it, though it's not a clever one!" Still, you're the right colour, and that goes a long way.'

'I don't care about the colour,' the Tiger-lily remarked. 'If only her petals curled up a little more, she'd be all right.'

Alice didn't like being criticised, so she began asking questions. 'Aren't you sometimes frightened at being planted out here, with nobody to take care of you?'

'There's the tree in the middle,' said the Rose: 'what else is it good for?'

'But what could it do, if any danger came?' Alice asked.

'It says "Bough-wough!"' cried a Daisy: 'that's why its branches are called boughs!'

'Didn't you know that?' cried another Daisy, and here they all began shouting together, till the air seemed quite full of little shrill voices. 'Silence, every one of you!' cried the Tiger-lily, waving itself passionately from side to side, and trembling with excitement. 'They know I can't get at them!' it panted, bending its quivering head towards Alice, 'or they wouldn't dare to do it!'

'Never mind!' Alice said in a soothing tone, and stooping down to the daisies, who were just beginning again, she whispered, 'If you don't hold your tongues, I'll pick you!'

There was silence in a moment, and several of the pink

daisies turned white.

'That's right!' said the Tiger-lily. 'The daisies are worst of all. When one speaks, they all begin together, and it's enough to make one wither to hear the way they go on!'

'How is it you can all talk so nicely?' Alice said, hoping to get it into a better temper by a compliment. 'I've been in many gardens before, but none of the flowers could talk.'

'Put your hand down, and feel the ground,' said the Tiger-lily. 'Then you'll know why.'

Alice did so. 'It's very hard,' she said, 'but I don't see what that has to do with it.'

'In most gardens,' the Tiger-lily said, 'they make the beds too soft?so that the flowers are always asleep.'

This sounded a very good reason, and Alice was quite pleased to know it. 'I never thought of that before!' she said.

'It's my opinion that you never think at all,' the Rose said in a rather severe tone.

'I never saw anybody that looked stupider,' a Violet said, so suddenly, that Alice quite jumped; for it hadn't spoken before.

'Hold your tongue!' cried the Tiger-lily. 'As if you ever saw anybody! You keep your head under the leaves, and snore away there, till you know no more what's going on in the world, than if you were a bud!'

'Are there any more people in the garden besides me?' Alice said, not choosing to notice the Rose's last remark.

'There's one other flower in the garden that can move about like you,' said the Rose. 'I wonder how you do it?' ('You're always wondering,' said the Tiger-lily), 'but she's more bushy than you are.'

'Is she like me?' Alice asked eagerly, for the thought crossed her mind, 'There's another little girl in the garden, somewhere!'

'Well, she has the same awkward shape as you,' the Rose said, 'but she's redder—and her petals are shorter, I think.'

'Her petals are done up close, almost like a dahlia,' the Tiger-lily interrupted: 'not tumbled about anyhow, like yours.'

'But that's not your fault,' the Rose added kindly: 'you're beginning to fade, you know—and then one can't help one's petals getting a little untidy.'

Alice didn't like this idea at all: so, to change the subject, she asked 'Does she ever come out here?'

'I daresay you'll see her soon,' said the Rose. 'She's one of the thorny kind.'

'Where does she wear the thorns?' Alice asked with some curiosity.

'Why all round her head, of course,' the Rose replied. 'I was wondering you hadn't got some too. I thought it was the regular rule.'

'She's coming!' cried the Larkspur. 'I hear her footstep, thump, thump, thump, along the gravel-walk!'

Alice looked round eagerly, and found that it was the Red Queen. 'She's grown a good deal!' was her first remark. She had indeed: when Alice first found her in the ashes, she had been only three inches high—and here she was, half a head taller than Alice herself!

'It's the fresh air that does it,' said the Rose: 'wonderfully fine air it is, out here.'

'I think I'll go and meet her,' said Alice, for, though the flowers were interesting enough, she felt that it would be far grander to have a talk with a real Queen.

'You can't possibly do that,' said the Rose: 'I should advise you to walk the other way.'

This sounded nonsense to Alice, so she said nothing, but set off at once towards the Red Queen. To her surprise, she lost sight of her in a moment, and found herself walking in at the front-door again.

A little provoked, she drew back, and after looking everywhere for the queen (whom she spied out at last, a long way off), she thought she would try the plan, this time, of walking in the opposite direction.

It succeeded beautifully. She had not been walking a minute before she found herself face to face with the Red Queen, and full in sight of the hill she had been so long aiming at.

'Where do you come from?' said the Red Queen. 'And where are you going? Look up, speak nicely, and don't twiddle your fingers all the time.'

Alice attended to all these directions, and explained, as well as she could, that she had lost her way.

'I don't know what you mean by your way,' said the Queen: 'all the ways about here belong to me—but why did you come out here at all?' she added in a kinder tone. 'Curtsey while you're thinking what to say, it saves time.'

Alice wondered a little at this, but she was too much in awe of the Queen to disbelieve it. 'I'll try it when I go home,' she thought to herself, 'the next time I'm a little late for dinner.'

'It's time for you to answer now,' the Queen said, looking at her watch: 'open your mouth a little wider when you speak, and always say "your Majesty."'

'I only wanted to see what the garden was like, your Majesty?'

'That's right,' said the Queen, patting her on the head, which Alice didn't like at all, 'though, when you say "garden,"— I've seen gardens, compared with which this would be a wilderness.'

Alice didn't dare to argue the point, but went on: '—and I thought I'd try and find my way to the top of that hill?'

'When you say "hill,"' the Queen interrupted, 'I could show you hills, in comparison with which you'd call that a valley.'

'No, I shouldn't,' said Alice, surprised into contradicting her at last: 'a hill can't be a valley, you know. That would be nonsense.'

The Red Queen shook her head, 'You may call it "nonsense" if you like,' she said, 'but I've heard nonsense, compared with which that would be as sensible as a dictionary!'

Alice curtseyed again, as she was afraid from the Queen's tone that she was a little offended: and they walked on in silence till they got to the top of the little hill.

For some minutes Alice stood without speaking, looking out in all directions over the country—and a most curious country it was. There were a number of tiny little brooks running straight across it from side to side, and the ground between was divided up into squares by a number of little green hedges, that reached from brook to brook.

'I declare it's marked out just like a large chessboard!' Alice said at last. 'There ought to be some men moving about somewhere—and so there are!' She added in a tone of delight, and her heart began to beat quick with excitement as she went on. 'It's a great huge game of chess that's being played—all over the world—if this is the world at all, you know. Oh, what fun it is! How I wish I was one of them! I wouldn't mind being a Pawn, if only I might join—though of course I should like to be a Queen, best.'

She glanced rather shyly at the real Queen as she said this, but her companion only smiled pleasantly, and said, 'That's easily managed. You can be the White Queen's Pawn, if you like, as Lily's too young to play; and you're in the Second Square to begin with: when you get to the Eighth Square you'll be a Queen.' Just at this moment, somehow or other, they began to run.

Alice never could quite make out, in thinking it over afterwards, how it was that they began: all she remembers is, that they were running hand in hand, and the Queen went so fast that it was all she could do to keep up with her: and still the Queen kept crying 'Faster! Faster!' but Alice felt she could not go faster, though she had not breath left to say so.

The most curious part of the thing was, that the trees and the other things round them never changed their places at all:

however fast they went, they never seemed to pass anything. 'I wonder if all the things move along with us?' thought poor puzzled Alice. And the Queen seemed to guess her thoughts, for she cried, 'Faster! Don't try to talk!'

Not that Alice had any idea of doing that. She felt as if she would never be able to talk again, she was getting so much out of breath: and still the Queen cried 'Faster! Faster!' and dragged her along. 'Are we nearly there?' Alice managed to pant out at last.

'Nearly there!' the Queen repeated. 'Why, we passed it ten minutes ago! Faster!' And they ran on for a time in silence, with the wind whistling in Alice's ears, and almost blowing her hair off her head, she fancied.

'Now! Now!' cried the Queen. 'Faster! Faster!' And they went so fast that at last they seemed to skim through the air, hardly touching the ground with their feet, till suddenly, just as Alice was getting quite exhausted, they stopped, and she found herself sitting on the ground, breathless and giddy.

The Queen propped her up against a tree, and said kindly, 'You may rest a little now.'

Alice looked round her in great surprise. 'Why, I do believe we've been under this tree the whole time! Everything's just as it was!'

'Of course it is,' said the Queen, 'what would you have it?'

'Well, in our country,' said Alice, still panting a little, 'you'd generally get to somewhere else—if you ran very fast for a long time, as we've been doing.'

'A slow sort of country!' said the Queen. 'Now, here, you see, it takes all the running you can do, to keep in the same place. If you want to get somewhere else, you must run at least twice as fast as that!'

'I'd rather not try, please!' said Alice. 'I'm quite content to stay here?only I am so hot and thirsty!'

'I know what you'd like!' the Queen said good-naturedly, taking a little box out of her pocket. 'Have a biscuit?'

Alice thought it would not be civil to say 'No,' though it wasn't at all what she wanted. So she took it, and ate it as well as she could: and it was very dry; and she thought she had never been so nearly choked in all her life.

'While you're refreshing yourself,' said the Queen, 'I'll just take the measurements.' And she took a ribbon out of her pocket, marked in inches, and began measuring the ground, and sticking little pegs in here and there.

'At the end of two yards,' she said, putting in a peg to mark the distance, 'I shall give you your directions—have another biscuit?'

'No, thank you,' said Alice: 'one's quite enough!'

'Thirst quenched, I hope?' said the Queen.

Alice did not know what to say to this, but luckily the Queen did not wait for an answer, but went on. 'At the end of three yards I shall repeat them—for fear of your forgetting them. At the end of four, I shall say good-bye. And at the end of five, I shall go!'

She had got all the pegs put in by this time, and Alice looked on with great interest as she returned to the tree, and then began slowly walking down the row.

At the two-yard peg she faced round, and said, 'A pawn goes two squares in its first move, you know. So you'll go very quickly through the Third Square—by railway, I should think—and you'll find yourself in the Fourth Square in no time. Well, that square belongs to Tweedledum and Tweedledee—the Fifth is mostly water—the Sixth belongs to Humpty Dumpty—But you make no remark?'

'I—I didn't know I had to make one—just then,' Alice faltered out.

'You should have said, "It's extremely kind of you to tell me all this"—however, we'll suppose it said—the Seventh Square is all forest—however, one of the Knights will show you the way—and in the Eighth Square we shall be Queens together, and it's all feasting and fun!' Alice got up and curtseyed, and sat down again.

At the next peg the Queen turned again, and this time she said, 'Speak in French when you can't think of the English for a thing—turn out your toes as you walk—and remember who you are!' She did not wait for Alice to curtsey this time, but walked on quickly to the next peg, where she turned for a moment to say 'good-bye,' and then hurried on to the last.

How it happened, Alice never knew, but exactly as she came to the last peg, she was gone. Whether she vanished into the air, or whether she ran quickly into the wood ('and she can run very fast!' thought Alice), there was no way of guessing, but she was gone, and Alice began to remember that she was a Pawn, and that it would soon be time for her to move.

CHAPTER 3
Looking-Glass Insects

Of course the first thing to do was to make a grand survey of the country she was going to travel through. 'It's something very like learning geography,' thought Alice, as she stood on tiptoe in hopes of being able to see a little further. 'Principal rivers—there are none. Principal mountains—I'm on the only one, but I don't think it's got any name. Principal towns—why, what are those creatures, making honey down there? They can't be bees—nobody ever saw bees a mile off, you know?' and for some time she stood silent, watching one of them that was bustling about among the flowers, poking its proboscis into them, 'just as if it was a regular bee,' thought Alice.

However, this was anything but a regular bee: in fact it was an elephant—as Alice soon found out, though the idea quite took her breath away at first. 'And what enormous flowers they must be!' was her next idea. 'Something like cottages with the roofs taken off, and stalks put to them—and what quantities of honey they must make! I think I'll go down and—no, I won't just yet,' she went on, checking herself just as she was beginning to run down the hill, and trying to find some excuse for turning shy so suddenly. 'It'll never do to go down among them without a good long branch to brush them away—and what fun it'll be when they ask me how I like my walk. I shall say—"Oh, I like it well enough?"'(here came the favourite little toss of the head), '"only it was so dusty and hot, and the elephants did tease so!"'

'I think I'll go down the other way,' she said after a pause: 'and perhaps I may visit the elephants later on. Besides, I do so want to get into the Third Square!'

So with this excuse she ran down the hill and jumped over the first of the six little brooks.

'Tickets, please!' said the Guard, putting his head in at the window. In a moment everybody was holding out a ticket: they were about the same size as the people, and quite seemed to fill the carriage.

'Now then! Show your ticket, child!' the Guard went on, looking angrily at Alice. And a great many voices all said together ('like the chorus of a song,' thought Alice), 'Don't keep him waiting, child! Why, his time is worth a thousand pounds a minute!'

'I'm afraid I haven't got one,' Alice said in a frightened tone: 'there wasn't a ticket-office where I came from.' And again the chorus of voices went on. 'There wasn't room for one where she came from. The land there is worth a thousand pounds an inch!'

'Don't make excuses,' said the Guard: 'you should have bought one from the engine-driver.' And once more the chorus of voices went on with 'The man that drives the engine. Why, the smoke alone is worth a thousand pounds a puff!'

Alice thought to herself, 'Then there's no use in speaking.' The voices didn't join in this time, as she hadn't spoken, but to her great surprise, they all thought in chorus (I hope you understand what thinking in chorus means—for I must confess that I don't), 'Better say nothing at all. Language is worth a thousand pounds a word!'

'I shall dream about a thousand pounds tonight, I know I shall!' thought Alice.

All this time the Guard was looking at her, first through a telescope, then through a microscope, and then through an opera-glass. At last he said, 'You're travelling the wrong way,' and shut up the window and went away.

'So young a child,' said the gentleman sitting opposite to her (he was dressed in white paper), 'ought to know which way she's going, even if she doesn't know her own name!'

A Goat, that was sitting next to the gentleman in white, shut his eyes and said in a loud voice, 'She ought to know her way to the ticket-office, even if she doesn't know her alphabet!'

There was a Beetle sitting next to the Goat (it was a very queer carriage-full of passengers altogether), and, as the rule seemed to be that they should all speak in turn, he went on with 'She'll have to go back from here as luggage!'

Alice couldn't see who was sitting beyond the Beetle, but a hoarse voice spoke next. 'Change engines?' it said, and was obliged to leave off.

'It sounds like a horse,' Alice thought to herself. And an extremely small voice, close to her ear, said, 'You might make a joke on that—something about "horse" and "hoarse," you know.'

Then a very gentle voice in the distance said, 'She must be labelled "Lass, with care," you know?'

And after that other voices went on ('What a number of people there are in the carriage!' thought Alice), saying, 'She must go by post, as she's got a head on her?' 'She must be sent as a message by the telegraph?' 'She must draw the train herself the rest of the way?' and so on.

But the gentleman dressed in white paper leaned forwards and whispered in her ear, 'Never mind what they all say, my dear, but take a return-ticket every time the train stops.'

'Indeed I shan't!' Alice said rather impatiently. 'I don't belong to this railway journey at all—I was in a wood just now—and I wish I could get back there.'

'You might make a joke on that,' said the little voice close to her ear: 'something about "you would if you could," you know.'

'Don't tease so,' said Alice, looking about in vain to see where the voice came from; 'if you're so anxious to have a joke made, why don't you make one yourself?'

The little voice sighed deeply: it was very unhappy, evidently, and Alice would have said something pitying to comfort it, 'If it would only sigh like other people!' she thought. But this was such a wonderfully small sigh, that she wouldn't have heard it at all, if it hadn't come quite close to her ear. The consequence of this was that it tickled her ear very much, and quite took off her thoughts from the unhappiness of the poor little creature.

'I know you are a friend,' the little voice went on; 'a dear friend, and an old friend. And you won't hurt me, though I am an insect.'

'What kind of insect?' Alice inquired a little anxiously. What she really wanted to know was, whether it could sting or not, but she thought this wouldn't be quite a civil question to ask.

'What, then you don't—?' the little voice began, when it was drowned by a shrill scream from the engine, and everybody jumped up in alarm, Alice among the rest.

The Horse, who had put his head out of the window, quietly drew it in and said, 'It's only a brook we have to jump over.' Everybody seemed satisfied with this, though Alice felt a little nervous at the idea of trains jumping at all. 'However, it'll take us into the Fourth Square, that's some comfort!' she said to herself. In another moment she felt the carriage rise straight up into the air, and in her fright she caught at the thing nearest to her hand, which happened to be the Goat's beard.

But the beard seemed to melt away as she touched it, and she found herself sitting quietly under a tree—while the Gnat (for that was the insect she had been talking to) was balancing itself on a twig just over her head, and fanning her with its wings.

It certainly was a very large Gnat: 'about the size of a chicken,' Alice thought. Still, she couldn't feel nervous with it, after they had been talking together so long.

'—then you don't like all insects?' the Gnat went on, as quietly as if nothing had happened.

'I like them when they can talk,' Alice said. 'None of them ever talk, where I come from.'

'What sort of insects do you rejoice in, where you come from?' the Gnat inquired.

'I don't rejoice in insects at all,' Alice explained, 'because I'm rather afraid of them—at least the large kinds. But I can tell you the names of some of them.'

'Of course they answer to their names?' the Gnat remarked carelessly.

'I never knew them to do it.'

'What's the use of their having names,' the Gnat said, 'if they won't answer to them?'

'No use to them,' said Alice; 'but it's useful to the people who name them, I suppose. If not, why do things have names at all?'

'I can't say,' the Gnat replied. 'Further on, in the wood down there, they've got no names—however, go on with your list of insects: you're wasting time.'

'Well, there's the Horse-fly,' Alice began, counting off the names on her fingers.

'All right,' said the Gnat: 'half way up that bush, you'll see a Rocking-horse-fly, if you look. It's made entirely of wood, and gets about by swinging itself from branch to branch.'

'What does it live on?' Alice asked, with great curiosity.

'Sap and sawdust,' said the Gnat. 'Go on with the list.'

Alice looked up at the Rocking-horse-fly with great interest, and made up her mind that it must have been just repainted, it looked so bright and sticky; and then she went on.

'And there's the Dragon-fly.'

'Look on the branch above your head,' said the Gnat, 'and there you'll find a snap-dragon-fly. Its body is made of plum-pudding, its wings of holly-leaves, and its head is a raisin burning in brandy.'

'And what does it live on?'

'Frumenty and mince pie,' the Gnat replied; 'and it makes its nest in a Christmas box.'

'And then there's the Butterfly,' Alice went on, after she had taken a good look at the insect with its head on fire, and had thought to herself, 'I wonder if that's the reason insects are so fond of flying into candles—because they want to turn into Snap-dragon-flies!'

'Crawling at your feet,' said the Gnat (Alice drew her feet back in some alarm), 'you may observe a Bread-and-Butterfly. Its wings are thin slices of Bread-and-butter, its body is a crust, and its head is a lump of sugar.'

'And what does it live on?'

'Weak tea with cream in it.'

A new difficulty came into Alice's head. 'Supposing it couldn't find any?' she suggested.

'Then it would die, of course.'

'But that must happen very often,' Alice remarked thoughtfully.

'It always happens,' said the Gnat.

After this, Alice was silent for a minute or two, pondering. The Gnat amused itself meanwhile by humming round and round her head: at last it settled again and remarked, 'I suppose you don't want to lose your name?'

'No, indeed,' Alice said, a little anxiously.

'And yet I don't know,' the Gnat went on in a careless tone: 'only think how convenient it would be if you could manage to go home without it! For instance, if the governess wanted to call you to your lessons, she would call out "come here?," and there she would have to leave off, because there wouldn't be any name for her to call, and of course you wouldn't have to go, you know.'

'That would never do, I'm sure,' said Alice: 'the governess would never think of excusing me lessons for that. If she couldn't remember my name, she'd call me "Miss!" as the servants do.'

'Well, if she said "Miss," and didn't say anything more,' the Gnat remarked, 'of course you'd miss your lessons. That's a joke. I wish you had made it.'

'Why do you wish I had made it?' Alice asked. 'It's a very bad one.'

But the Gnat only sighed deeply, while two large tears came rolling down its cheeks.

'You shouldn't make jokes,' Alice said, 'if it makes you so unhappy.'

Then came another of those melancholy little sighs, and this time the poor Gnat really seemed to have sighed itself away, for, when Alice looked up, there was nothing whatever to be seen on the twig, and, as she was getting quite chilly with sitting still so long, she got up and walked on.

She very soon came to an open field, with a wood on the other side of it: it looked much darker than the last wood, and Alice felt a little timid about going into it. However, on second thoughts, she made up her mind to go on: 'for I certainly won't go back,' she thought to herself, and this was the only way to the Eighth Square.

'This must be the wood,' she said thoughtfully to herself, 'where things have no names. I wonder what'll become of my name when I go in? I shouldn't like to lose it at all—because they'd have to give me another, and it would be almost certain to be an ugly one. But then the fun would be trying to find the creature that had got my old name! That's just like the advertisements, you know, when people lose dogs? "answers to the name of 'Dash:' had on a brass collar"—just fancy calling everything you met "Alice," till one of them answered! Only they wouldn't answer at all, if they were wise.'

She was rambling on in this way when she reached the wood: it looked very cool and shady. 'Well, at any rate it's a great comfort,' she said as she stepped under the trees, 'after being so hot, to get into the—into what?' she went on, rather surprised at not being able to think of the word. 'I mean to get under the—under the—under this, you know!' putting her hand on the trunk of the tree. 'What does it call itself, I wonder? I do believe it's got no name—why, to be sure it hasn't!'

She stood silent for a minute, thinking: then she suddenly began again. 'Then it really has happened, after all! And now, who am I? I will remember, if I can! I'm determined to do it!' But being determined didn't help much, and all she could say, after a great deal of puzzling, was, 'L, I know it begins with L!'

Just then a Fawn came wandering by: it looked at Alice with its large gentle eyes, but didn't seem at all frightened. 'Here then! Here then!' Alice said, as she held out her hand and tried to stroke it; but it only started back a little, and then stood looking at her again.

'What do you call yourself?' the Fawn said at last. Such a soft sweet voice it had!

'I wish I knew!' thought poor Alice. She answered, rather sadly, 'Nothing, just now.'

'Think again,' it said: 'that won't do.'

Alice thought, but nothing came of it. 'Please, would you tell me what you call yourself?' she said timidly. 'I think that might help a little.'

'I'll tell you, if you'll move a little further on,' the Fawn said. 'I can't remember here.'

So they walked on together though the wood, Alice with her arms clasped lovingly round the soft neck of the Fawn, till they came out into another open field, and here the Fawn gave a sudden bound into the air, and shook itself free from Alice's arms. 'I'm a Fawn!' it cried out in a voice of delight, 'and, dear me! you're a human child!' A sudden look of alarm came into its beautiful brown eyes, and in another moment it had darted away at full speed.

Alice stood looking after it, almost ready to cry with vexation at having lost her dear little fellow-traveller so suddenly. 'However, I know my name now,' she said, 'that's some comfort. Alice—Alice—I won't forget it again. And now, which of these finger-posts ought I to follow, I wonder?'

It was not a very difficult question to answer, as there was only one road through the wood, and the two finger-posts both pointed along it. 'I'll settle it,' Alice said to herself, 'when the road divides and they point different ways.'

But this did not seem likely to happen. She went on and on, a long way, but wherever the road divided there were sure to be two finger-posts pointing the same way, one marked 'TO TWEEDLEDUM'S HOUSE' and the other 'TO THE HOUSE OF TWEEDLEDEE.'

'I do believe,' said Alice at last, 'that they live in the same house! I wonder I never thought of that before—But I can't stay there long. I'll just call and say "how d'you do?" and ask them the way out of the wood. If I could only get to the Eighth Square before it gets dark!' So she wandered on, talking to herself as she went, till, on turning a sharp corner, she came upon two fat little men, so suddenly that she could not help starting back, but in another moment she recovered herself, feeling sure that they must be.

CHAPTER 4

Tweedledum And Tweedledee

They were standing under a tree, each with an arm round the other's neck, and Alice knew which was which in a moment, because one of them had 'DUM' embroidered on his collar, and the other 'DEE.' 'I suppose they've each got "TWEEDLE" round at the back of the collar,' she said to herself.

They stood so still that she quite forgot they were alive, and she was just looking round to see if the word "TWEEDLE" was written at the back of each collar, when she was startled by a voice coming from the one marked 'DUM.'

'If you think we're wax-works,' he said, 'you ought to pay, you know. Wax-works weren't made to be looked at for nothing, nohow!'

'Contrariwise,' added the one marked 'DEE,' 'if you think we're alive, you ought to speak.'

'I'm sure I'm very sorry,' was all Alice could say; for the words of the old song kept ringing through her head like the ticking of a clock, and she could hardly help saying them out loud:—

'Tweedledum and Tweedledee Agreed to have a battle; For Tweedledum said Tweedledee Had spoiled his nice new rattle. Just then flew down a monstrous crow, As black as a tar-barrel; Which frightened both the heroes so, They quite forgot their quarrel.'

'I know what you're thinking about,' said Tweedledum: 'but it isn't so, nohow.'

'Contrariwise,' continued Tweedledee, 'if it was so, it might be; and if it were so, it would be; but as it isn't, it ain't. That's logic.'

'I was thinking,' Alice said very politely, 'which is the best way out of this wood: it's getting so dark. Would you tell me, please?'

But the little men only looked at each other and grinned.

They looked so exactly like a couple of great schoolboys, that Alice couldn't help pointing her finger at Tweedledum, and saying 'First Boy!'

'Nohow!' Tweedledum cried out briskly, and shut his mouth up again with a snap.

'Next Boy!' said Alice, passing on to Tweedledee, though she felt quite certain he would only shout out 'Contrariwise!' and so he did.

'You've been wrong!' cried Tweedledum. 'The first thing in a visit is to say "How d'ye do?" and shake hands!' And here the two brothers gave each other a hug, and then they held out the two hands that were free, to shake hands with her.

Alice did not like shaking hands with either of them first, for fear of hurting the other one's feelings; so, as the best way out of the difficulty, she took hold of both hands at once: the next moment they were dancing round in a ring. This seemed quite natural (she remembered afterwards), and she was not even surprised to hear music playing: it seemed to come from the tree under which they were dancing, and it was done (as well as she could make it out) by the branches rubbing one across the other, like fiddles and fiddle-sticks.

'But it certainly was funny,' (Alice said afterwards, when she was telling her sister the history of all this,) 'to find myself singing "Here we go round the mulberry bush." I don't know when I began it, but somehow I felt as if I'd been singing it a long long time!'

The other two dancers were fat, and very soon out of breath. 'Four times round is enough for one dance,' Tweedledum panted out, and they left off dancing as suddenly as they had begun: the music stopped at the same moment.

Then they let go of Alice's hands, and stood looking at her for a minute: there was a rather awkward pause, as Alice didn't know how to begin a conversation with people she had just been dancing with. 'It would never do to say "How d'ye do?"

now,' she said to herself: 'we seem to have got beyond that, somehow!'

'I hope you're not much tired?' she said at last.

'Nohow. And thank you very much for asking,' said Tweedledum.

'So much obliged!' added Tweedledee. 'You like poetry?'

'Ye-es, pretty well—some poetry,' Alice said doubtfully. 'Would you tell me which road leads out of the wood?'

'What shall I repeat to her?' said Tweedledee, looking round at Tweedledum with great solemn eyes, and not noticing Alice's question.

'"The Walrus and the Carpenter" is the longest,' Tweedledum replied, giving his brother an affectionate hug.

Tweedledee began instantly:

'The sun was shining?'

Here Alice ventured to interrupt him. 'If it's very long,' she said, as politely as she could, 'would you please tell me first which road?'

Tweedledee smiled gently, and began again:

'The sun was shining on the sea, Shining with all his might: He did his very best to make The billows smooth and bright? And this was odd, because it was The middle of the night. The moon was shining sulkily, Because she thought the sun Had got no business to be there After the day was done? "It's very rude of him," she said, "To come and spoil the fun!" The sea was wet as wet could be, The sands were dry as dry. You could not see a cloud, because No cloud was in the sky: No birds were flying over head? There were no birds to fly. The Walrus and the Carpenter Were walking close at hand; They wept like anything to see Such quantities of sand: "If this were only cleared away," They said, "it would be grand!" "If seven maids with seven mops Swept it for half a year, Do you suppose," the Walrus said, "That they could get it clear?" "I doubt it," said the Carpenter, And shed a bitter tear. "O Oysters, come and walk with us!" The Walrus did beseech. "A pleasant walk, a pleasant talk, Along the briny beach: We cannot do with more than four, To give a hand to each." The eldest Oyster looked at him. But never a word he said: The eldest Oyster winked his eye, And shook his heavy head? Meaning to say he did not choose To leave the oyster-bed. But four young oysters hurried up, All eager for the treat: Their coats were brushed, their faces washed, Their shoes were clean and neat? And this was odd, because, you know, They hadn't any feet. Four other Oysters followed them, And yet another four; And thick and fast they came at last, And more, and more, and more? All hopping through the frothy waves, And scrambling to the shore. The Walrus and the Carpenter Walked on a mile or so, And then they rested on a rock Conveniently low: And all the little Oysters stood And waited in a row. "The time has come," the Walrus said, "To talk of many things: Of shoes—and ships—and sealing-wax? Of cabbages—and kings? And why the sea is boiling hot? And whether pigs have wings." "But wait a bit," the Oysters cried, "Before we have our chat; For some of us are out of breath, And all of us are fat!" "No hurry!" said the Carpenter. They thanked him much for that. "A loaf of bread," the Walrus said, "Is what we chiefly need: Pepper and vinegar besides Are very good indeed? Now if you're ready Oysters dear, We can begin to feed." "But not on us!" the Oysters cried, Turning a little blue, "After such kindness, that would be A dismal thing to do!" "The night is fine," the Walrus said "Do you admire the view? "It was so kind of you to come! And you are very nice!" The Carpenter said nothing but "Cut us another slice: I wish you were not quite so deaf? I've had to ask you twice!" "It seems a shame," the Walrus said, "To play them such a trick, After we've brought them out so far, And made them trot so quick!" The Carpenter said nothing but "The butter's spread too thick!" "I weep for you," the Walrus said. "I deeply sympathize." With sobs and tears he sorted out   Those of the largest size. Holding his pocket handkerchief Before his streaming eyes. "O Oysters," said the Carpenter. "You've had a pleasant run! Shall we be trotting home again?" But answer came there none? And that was scarcely odd, because They'd eaten every one.'

'I like the Walrus best,' said Alice: 'because you see he was a little sorry for the poor oysters.'

'He ate more than the Carpenter, though,' said Tweedledee. 'You see he held his handkerchief in front, so that the Carpenter couldn't count how many he took: contrariwise.'

'That was mean!' Alice said indignantly. 'Then I like the Carpenter best—if he didn't eat so many as the Walrus.'

'But he ate as many as he could get,' said Tweedledum.

This was a puzzler. After a pause, Alice began, 'Well! They

were both very unpleasant characters?' Here she checked herself in some alarm, at hearing something that sounded to her like the puffing of a large steam-engine in the wood near them, though she feared it was more likely to be a wild beast. 'Are there any lions or tigers about here?' she asked timidly.

'It's only the Red King snoring,' said Tweedledee.

'Come and look at him!' the brothers cried, and they each took one of Alice's hands, and led her up to where the King was sleeping.

'Isn't he a lovely sight?' said Tweedledum.

Alice couldn't say honestly that he was. He had a tall red night-cap on, with a tassel, and he was lying crumpled up into a sort of untidy heap, and snoring loud—'fit to snore his head off!' as Tweedledum remarked.

'I'm afraid he'll catch cold with lying on the damp grass,' said Alice, who was a very thoughtful little girl.

'He's dreaming now,' said Tweedledee: 'and what do you think he's dreaming about?'

Alice said 'Nobody can guess that.'

'Why, about you!' Tweedledee exclaimed, clapping his hands triumphantly. 'And if he left off dreaming about you, where do you suppose you'd be?'

'Where I am now, of course,' said Alice.

'Not you!' Tweedledee retorted contemptuously. 'You'd be nowhere. Why, you're only a sort of thing in his dream!'

'If that there King was to wake,' added Tweedledum, 'you'd go out—bang!—just like a candle!'

'I shouldn't!' Alice exclaimed indignantly. 'Besides, if I'm only a sort of thing in his dream, what are you, I should like to know?'

'Ditto' said Tweedledum.

'Ditto, ditto' cried Tweedledee.

He shouted this so loud that Alice couldn't help saying, 'Hush! You'll be waking him, I'm afraid, if you make so much noise.'

'Well, it no use your talking about waking him,' said Tweedledum, 'when you're only one of the things in his dream. You know very well you're not real.'

'I am real!' said Alice and began to cry.

'You won't make yourself a bit realler by crying,' Tweedledee remarked: 'there's nothing to cry about.'

'If I wasn't real,' Alice said—half-laughing through her tears, it all seemed so ridiculous—'I shouldn't be able to cry.'

'I hope you don't suppose those are real tears?' Tweedledum interrupted in a tone of great contempt.

'I know they're talking nonsense,' Alice thought to herself: 'and it's foolish to cry about it.' So she brushed away her tears, and went on as cheerfully as she could. 'At any rate I'd better be getting out of the wood, for really it's coming on very dark. Do you think it's going to rain?'

Tweedledum spread a large umbrella over himself and his brother, and looked up into it. 'No, I don't think it is,' he said: 'at least—not under here. Nohow.'

'But it may rain outside?'

'It may—if it chooses,' said Tweedledee: 'we've no objection.

'Contrariwise.'

'Selfish things!' thought Alice, and she was just going to say 'Good-night' and leave them, when Tweedledum sprang out from under the umbrella and seized her by the wrist.

'Do you see that?' he said, in a voice choking with passion, and his eyes grew large and yellow all in a moment, as he pointed with a trembling finger at a small white thing lying under the tree.

'It's only a rattle,' Alice said, after a careful examination of the little white thing. 'Not a rattle-snake, you know,' she added hastily, thinking that he was frightened: 'only an old rattle— quite old and broken.'

'I knew it was!' cried Tweedledum, beginning to stamp about wildly and tear his hair. 'It's spoilt, of course!' Here he looked at Tweedledee, who immediately sat down on the ground, and tried to hide himself under the umbrella.

Alice laid her hand upon his arm, and said in a soothing tone, 'You needn't be so angry about an old rattle.'

'But it isn't old!' Tweedledum cried, in a greater fury than ever. 'It's new, I tell you—I bought it yesterday—my nice new RATTLE!' and his voice rose to a perfect scream.

All this time Tweedledee was trying his best to fold up the umbrella, with himself in it: which was such an extraordinary thing to do, that it quite took off Alice's attention from the angry brother. But he couldn't quite succeed, and it ended in his rolling over, bundled up in the umbrella, with only his head out: and there he lay, opening and shutting his mouth and his large eyes—'looking more like a fish than anything else,' Alice thought.

'Of course you agree to have a battle?' Tweedledum said in a calmer tone.

'I suppose so,' the other sulkily replied, as he crawled out of the umbrella: 'only she must help us to dress up, you know.'

So the two brothers went off hand-in-hand into the wood, and returned in a minute with their arms full of things—such as bolsters, blankets, hearth-rugs, table-cloths, dish-covers and coal-scuttles. 'I hope you're a good hand at pinning and tying strings?' Tweedledum remarked. 'Every one of these things has got to go on, somehow or other.'

Alice said afterwards she had never seen such a fuss made about anything in all her life—the way those two bustled about—and the quantity of things they put on—and the trouble they gave her in tying strings and fastening buttons—'Really they'll be more like bundles of old clothes than anything else, by the time they're ready!' she said to herself, as she arranged a bolster round the neck of Tweedledee, 'to keep his head from being cut off,' as he said.

'You know,' he added very gravely, 'it's one of the most serious things that can possibly happen to one in a battle—to get one's head cut off.'

Alice laughed aloud: but she managed to turn it into a cough, for fear of hurting his feelings.

'Do I look very pale?' said Tweedledum, coming up to have his helmet tied on. (He called it a helmet, though it certainly looked much more like a saucepan.)

'Well—yes—a little,' Alice replied gently.

'I'm very brave generally,' he went on in a low voice: 'only to-day I happen to have a headache.'

'And I've got a toothache!' said Tweedledee, who had overheard the remark. 'I'm far worse off than you!'

'Then you'd better not fight to-day,' said Alice, thinking it a good opportunity to make peace.

'We must have a bit of a fight, but I don't care about going on long,' said Tweedledum. 'What's the time now?'

Tweedledee looked at his watch, and said 'Half-past four.'

'Let's fight till six, and then have dinner,' said Tweedledum.

'Very well,' the other said, rather sadly: 'and she can watch us—only you'd better not come very close,' he added: 'I generally hit everything I can see—when I get really excited.'

'And I hit everything within reach,' cried Tweedledum, 'whether I can see it or not!'

Alice laughed. 'You must hit the trees pretty often, I should think,' she said.

Tweedledum looked round him with a satisfied smile. 'I don't suppose,' he said, 'there'll be a tree left standing, for ever so far round, by the time we've finished!'

'And all about a rattle!' said Alice, still hoping to make them a little ashamed of fighting for such a trifle.

'I shouldn't have minded it so much,' said Tweedledum, 'if it hadn't been a new one.'

'I wish the monstrous crow would come!' thought Alice.

'There's only one sword, you know,' Tweedledum said to his brother: 'but you can have the umbrella—it's quite as sharp. Only we must begin quick. It's getting as dark as it can.'

'And darker,' said Tweedledee.

It was getting dark so suddenly that Alice thought there must be a thunderstorm coming on. 'What a thick black cloud that is!' she said. 'And how fast it comes! Why, I do believe it's got wings!'

'It's the crow!' Tweedledum cried out in a shrill voice of alarm: and the two brothers took to their heels and were out of sight in a moment.

Alice ran a little way into the wood, and stopped under a large tree. 'It can never get at me here,' she thought: 'it's far too large to squeeze itself in among the trees. But I wish it wouldn't flap its wings so—it makes quite a hurricane in the wood— here's somebody's shawl being blown away!'

CHAPTER 5
Wool and Water

She caught the shawl as she spoke, and looked about for the owner: in another moment the White Queen came running wildly through the wood, with both arms stretched out wide, as if she were flying, and Alice very civilly went to meet her with the shawl.

'I'm very glad I happened to be in the way,' Alice said, as she helped her to put on her shawl again.

The White Queen only looked at her in a helpless frightened sort of way, and kept repeating something in a whisper to herself that sounded like 'bread-and-butter, bread-and-butter,' and Alice felt that if there was to be any conversation at all, she must manage it herself. So she began rather timidly: 'Am I addressing the White Queen?'

'Well, yes, if you call that a-dressing,' The Queen said. 'It isn't my notion of the thing, at all.'

Alice thought it would never do to have an argument at the very beginning of their conversation, so she smiled and said, 'If your Majesty will only tell me the right way to begin, I'll do it as well as I can.'

'But I don't want it done at all!' groaned the poor Queen. 'I've been a-dressing myself for the last two hours.'

It would have been all the better, as it seemed to Alice, if she had got some one else to dress her, she was so dreadfully untidy. 'Every single thing's crooked,' Alice thought to herself, 'and she's all over pins!—may I put your shawl straight for you?' she added aloud.

'I don't know what's the matter with it!' the Queen said, in a melancholy voice. 'It's out of temper, I think. I've pinned it here, and I've pinned it there, but there's no pleasing it!'

'It can't go straight, you know, if you pin it all on one side,' Alice said, as she gently put it right for her; 'and, dear me, what a state your hair is in!'

'The brush has got entangled in it!' the Queen said with a sigh. 'And I lost the comb yesterday.'

Alice carefully released the brush, and did her best to get the hair into order. 'Come, you look rather better now!' she said, after altering most of the pins. 'But really you should have a lady's maid!'

'I'm sure I'll take you with pleasure!' the Queen said. 'Twopence a week, and jam every other day.'

Alice couldn't help laughing, as she said, 'I don't want you to hire me—and I don't care for jam.'

'It's very good jam,' said the Queen.

'Well, I don't want any to-day, at any rate.'

'You couldn't have it if you did want it,' the Queen said. 'The rule is, jam to-morrow and jam yesterday—but never jam to-day.'

'It must come sometimes to "jam to-day,"' Alice objected.

'No, it can't,' said the Queen. 'It's jam every other day: to-day isn't any other day, you know.'

'I don't understand you,' said Alice. 'It's dreadfully confusing!'

'That's the effect of living backwards,' the Queen said kindly: 'it always makes one a little giddy at first—'

'Living backwards!' Alice repeated in great astonishment. 'I never heard of such a thing!'

'—but there's one great advantage in it, that one's memory works both ways.'

'I'm sure mine only works one way,' Alice remarked. 'I can't remember things before they happen.'

'It's a poor sort of memory that only works backwards,' the Queen remarked.

'What sort of things do you remember best?' Alice ventured to ask.

'Oh, things that happened the week after next,' the Queen replied in a careless tone. 'For instance, now,' she went on, sticking a large piece of plaster on her finger as she spoke, 'there's the King's Messenger. He's in prison now, being punished: and the trial doesn't even begin till next Wednesday: and of course the crime comes last of all.'

'Suppose he never commits the crime?' said Alice.

'That would be all the better, wouldn't it?' the Queen said, as she bound the plaster round her finger with a bit of ribbon.

Alice felt there was no denying that. 'Of course it would be all the better,' she said: 'but it wouldn't be all the better his being punished.'

'You're wrong there, at any rate,' said the Queen: 'were you ever punished?'

'Only for faults,' said Alice.

'And you were all the better for it, I know!' the Queen said triumphantly.

'Yes, but then I had done the things I was punished for,' said Alice: 'that makes all the difference.'

'But if you hadn't done them,' the Queen said, 'that would have been better still; better, and better, and better!' Her voice went higher with each 'better,' till it got quite to a squeak at last.

Alice was just beginning to say 'There's a mistake somewhere?,' when the Queen began screaming so loud that she had to leave the sentence unfinished. 'Oh, oh, oh!' shouted the Queen, shaking her hand about as if she wanted to shake it off. 'My finger's bleeding! Oh, oh, oh, oh!'

Her screams were so exactly like the whistle of a steam-engine, that Alice had to hold both her hands over her ears.

'What is the matter?' she said, as soon as there was a chance of making herself heard. 'Have you pricked your finger?'

'I haven't pricked it yet,' the Queen said, 'but I soon shall?oh, oh, oh!'

'When do you expect to do it?' Alice asked, feeling very much inclined to laugh.

'When I fasten my shawl again,' the poor Queen groaned out: 'the brooch will come undone directly. Oh, oh!' As she said the words the brooch flew open, and the Queen clutched wildly at it, and tried to clasp it again.

'Take care!' cried Alice. 'You're holding it all crooked!' And she caught at the brooch; but it was too late: the pin had slipped, and the Queen had pricked her finger.

'That accounts for the bleeding, you see,' she said to Alice with a smile. 'Now you understand the way things happen here.'

'But why don't you scream now?' Alice asked, holding her hands ready to put over her ears again.

'Why, I've done all the screaming already,' said the Queen. 'What would be the good of having it all over again?'

By this time it was getting light. 'The crow must have flown away, I think,' said Alice: 'I'm so glad it's gone. I thought it was the night coming on.'

'I wish I could manage to be glad!' the Queen said. 'Only I never can remember the rule. You must be very happy, living in this wood, and being glad whenever you like!'

'Only it is so very lonely here!' Alice said in a melancholy voice; and at the thought of her loneliness two large tears came rolling down her cheeks.

'Oh, don't go on like that!' cried the poor Queen, wringing her hands in despair. 'Consider what a great girl you are. Consider what a long way you've come to-day. Consider what o'clock it is. Consider anything, only don't cry!'

Alice could not help laughing at this, even in the midst of her tears. 'Can you keep from crying by considering things?' she asked.

'That's the way it's done,' the Queen said with great decision: 'nobody can do two things at once, you know. Let's consider your age to begin with—how old are you?'

'I'm seven and a half exactly.'

'You needn't say "exactually,"' the Queen remarked: 'I can believe it without that. Now I'll give you something to believe. I'm just one hundred and one, five months and a day.'

'I can't believe that!' said Alice.

'Can't you?' the Queen said in a pitying tone. 'Try again: draw a long breath, and shut your eyes.'

Alice laughed. 'There's no use trying,' she said: 'one can't believe impossible things.'

'I daresay you haven't had much practice,' said the Queen. 'When I was your age, I always did it for half-an-hour a day. Why, sometimes I've believed as many as six impossible things before breakfast. There goes the shawl again!'

The brooch had come undone as she spoke, and a sudden gust of wind blew the Queen's shawl across a little brook. The Queen spread out her arms again, and went flying after it, and this time she succeeded in catching it for herself. 'I've got it!' she cried in a triumphant tone. 'Now you shall see me pin it on again, all by myself!'

'Then I hope your finger is better now?' Alice said very politely, as she crossed the little brook after the Queen.

'Oh, much better!' cried the Queen, her voice rising to a squeak as she went on. 'Much be-etter! Be-etter! Be-e-e-etter! Be-e-ehh!' The last word ended in a long bleat, so like a sheep that Alice quite started.

She looked at the Queen, who seemed to have suddenly wrapped herself up in wool. Alice rubbed her eyes, and looked again. She couldn't make out what had happened at all. Was she in a shop? And was that really—was it really a sheep that was sitting on the other side of the counter? Rub as she could, she could make nothing more of it: she was in a little dark shop, leaning with her elbows on the counter, and opposite to her was an old Sheep, sitting in an arm-chair knitting, and every now and then leaving off to look at her through a great pair of spectacles.

'What is it you want to buy?' the Sheep said at last, looking up for a moment from her knitting.

'I don't quite know yet,' Alice said, very gently. 'I should like to look all round me first, if I might.'

'You may look in front of you, and on both sides, if you like,' said the Sheep: 'but you can't look all round you—unless you've got eyes at the back of your head.'

But these, as it happened, Alice had not got: so she contented herself with turning round, looking at the shelves as she came to them.

The shop seemed to be full of all manner of curious things—but the oddest part of it all was, that whenever she looked hard at any shelf, to make out exactly what it had on it, that particular shelf was always quite empty: though the others round it were crowded as full as they could hold.

'Things flow about so here!' she said at last in a plaintive tone, after she had spent a minute or so in vainly pursuing a large bright thing, that looked sometimes like a doll and sometimes like a work-box, and was always in the shelf next above the one she was looking at. 'And this one is the most provoking of all—but I'll tell you what?' she added, as a sudden thought struck her, 'I'll follow it up to the very top shelf of all. It'll puzzle it to go through the ceiling, I expect!'

But even this plan failed: the 'thing' went through the ceiling as quietly as possible, as if it were quite used to it.

'Are you a child or a teetotum?' the Sheep said, as she took up another pair of needles. 'You'll make me giddy soon, if you go on turning round like that.' She was now working with fourteen pairs at once, and Alice couldn't help looking at her in great astonishment.

'How can she knit with so many?' the puzzled child thought to herself. 'She gets more and more like a porcupine every minute!'

'Can you row?' the Sheep asked, handing her a pair of knitting-needles as she spoke.

'Yes, a little—but not on land—and not with needles?' Alice was beginning to say, when suddenly the needles turned into oars in her hands, and she found they were in a little boat, gliding along between banks: so there was nothing for it but to do her best.

'Feather!' cried the Sheep, as she took up another pair of needles.

This didn't sound like a remark that needed any answer, so Alice said nothing, but pulled away. There was something very queer about the water, she thought, as every now and then the oars got fast in it, and would hardly come out again.

'Feather! Feather!' the Sheep cried again, taking more needles. 'You'll be catching a crab directly.'

'A dear little crab!' thought Alice. 'I should like that.'

'Didn't you hear me say "Feather"?' the Sheep cried angrily, taking up quite a bunch of needles.

'Indeed I did,' said Alice: 'you've said it very often—and very loud. Please, where are the crabs?'

'In the water, of course!' said the Sheep, sticking some of the needles into her hair, as her hands were full. 'Feather, I say!'

'Why do you say "feather" so often?' Alice asked at last, rather vexed. 'I'm not a bird!'

'You are,' said the Sheep: 'you're a little goose.'

This offended Alice a little, so there was no more conversation for a minute or two, while the boat glided gently on, sometimes among beds of weeds (which made the oars stick fast in the water, worse then ever), and sometimes under trees, but always with the same tall river-banks frowning over their heads.

'Oh, please! There are some scented rushes!' Alice cried in a sudden transport of delight. 'There really are—and such beauties!'

'You needn't say "please" to me about 'em,' the Sheep said, without looking up from her knitting: 'I didn't put 'em there, and I'm not going to take 'em away.'

'No, but I meant—please, may we wait and pick some?' Alice pleaded. 'If you don't mind stopping the boat for a minute.'

'How am I to stop it?' said the Sheep. 'If you leave off rowing, it'll stop of itself.'

So the boat was left to drift down the stream as it would, till it glided gently in among the waving rushes. And then the little sleeves were carefully rolled up, and the little arms were plunged in elbow-deep to get the rushes a good long way down before breaking them off—and for a while Alice forgot all about the Sheep and the knitting, as she bent over the side of the boat, with just the ends of her tangled hair dipping into the water—while with bright eager eyes she caught at one bunch after another of the darling scented rushes.

'I only hope the boat won't tipple over!' she said to herself. 'Oh, what a lovely one! Only I couldn't quite reach it.' 'And it certainly did seem a little provoking ('almost as if it happened on purpose,' she thought) that, though she managed to pick plenty of beautiful rushes as the boat glided by, there was always a more lovely one that she couldn't reach.

'The prettiest are always further!' she said at last, with a sigh at the obstinacy of the rushes in growing so far off, as, with flushed cheeks and dripping hair and hands, she scrambled back into her place, and began to arrange her new-found treasures.

What mattered it to her just then that the rushes had begun to fade, and to lose all their scent and beauty, from the very moment that she picked them? Even real scented rushes, you know, last only a very little while—and these, being dream-rushes, melted away almost like snow, as they lay in heaps at her feet—but Alice hardly noticed this, there were so many other curious things to think about.

They hadn't gone much farther before the blade of one of the oars got fast in the water and wouldn't come out again (so Alice explained it afterwards), and the consequence was that the handle of it caught her under the chin, and, in spite of a series of little shrieks of 'Oh, oh, oh!' from poor Alice, it swept her straight off the seat, and down among the heap of rushes.

However, she wasn't hurt, and was soon up again: the Sheep went on with her knitting all the while, just as if nothing had happened. 'That was a nice crab you caught!' she remarked, as Alice got back into her place, very much relieved to find herself still in the boat.

'Was it? I didn't see it,' Said Alice, peeping cautiously over the side of the boat into the dark water. 'I wish it hadn't let go—I should so like to see a little crab to take home with me!' But the Sheep only laughed scornfully, and went on with her knitting.

'Are there many crabs here?' said Alice.

'Crabs, and all sorts of things,' said the Sheep: 'plenty of choice, only make up your mind. Now, what do you want to buy?'

'To buy!' Alice echoed in a tone that was half astonished and half frightened—for the oars, and the boat, and the river, had vanished all in a moment, and she was back again in the little dark shop.

'I should like to buy an egg, please,' she said timidly. 'How do you sell them?'

'Fivepence farthing for one—Twopence for two,' the Sheep replied.

'Then two are cheaper than one—' Alice said in a surprised tone, taking out her purse.

'Only you must eat them both, if you buy two,' said the Sheep.

'Then I'll have one, please,' said Alice, as she put the money down on the counter. For she thought to herself, 'They mightn't be at all nice, you know.'

The Sheep took the money, and put it away in a box: then she said 'I never put things into people's hands—that would never do—you must get it for yourself.' And so saying, she went off to the other end of the shop, and set the egg upright on a shelf.

'I wonder why it wouldn't do?' thought Alice, as she groped her way among the tables and chairs, for the shop was very dark towards the end. 'The egg seems to get further away the more I walk towards it. Let me see, is this a chair? Why, it's got branches, I declare! How very odd to find trees growing here! And actually here's a little brook! Well, this is the very queerest shop I ever saw!'

So she went on, wondering more and more at every step, as everything turned into a tree the moment she came up to it, and she quite expected the egg to do the same.

CHAPTER 6
Humpty Dumpty

However, the egg only got larger and larger, and more and more human: when she had come within a few yards of it, she saw that it had eyes and a nose and mouth; and when she had come close to it, she saw clearly that it was HUMPTY DUMPTY himself. 'It can't be anybody else!' she said to herself. 'I'm as certain of it, as if his name were written all over his face.'

It might have been written a hundred times, easily, on that enormous face. Humpty Dumpty was sitting with his legs crossed, like a Turk, on the top of a high wall—such a narrow one that Alice quite wondered how he could keep his balance—and, as his eyes were steadily fixed in the opposite direction, and he didn't take the least notice of her, she thought he must be a stuffed figure after all.

'And how exactly like an egg he is!' she said aloud, standing with her hands ready to catch him, for she was every moment expecting him to fall.

'It's very provoking,' Humpty Dumpty said after a long silence, looking away from Alice as he spoke, 'to be called an egg— Very!'

'I said you looked like an egg, Sir,' Alice gently explained. 'And some eggs are very pretty, you know' she added, hoping to turn her remark into a sort of a compliment.

'Some people,' said Humpty Dumpty, looking away from her as usual, 'have no more sense than a baby!'

Alice didn't know what to say to this: it wasn't at all like conversation, she thought, as he never said anything to her; in fact, his last remark was evidently addressed to a tree—so she stood and softly repeated to herself:—

'Humpty Dumpty sat on a wall: Humpty Dumpty had a great fall. All the King's horses and all the King's men Couldn't put Humpty Dumpty in his place again.'

'That last line is much too long for the poetry,' she added, almost out loud, forgetting that Humpty Dumpty would hear her.

'Don't stand there chattering to yourself like that,' Humpty Dumpty said, looking at her for the first time, 'but tell me your name and your business.'

'My name is Alice, but—'

'It's a stupid enough name!' Humpty Dumpty interrupted impatiently. 'What does it mean?'

'Must a name mean something?' Alice asked doubtfully.

'Of course it must,' Humpty Dumpty said with a short laugh: 'my name means the shape I am—and a good handsome shape it is, too. With a name like yours, you might be any shape, almost.'

'Why do you sit out here all alone?' said Alice, not wishing to begin an argument.

'Why, because there's nobody with me!' cried Humpty Dumpty. 'Did you think I didn't know the answer to that? Ask another.'

'Don't you think you'd be safer down on the ground?' Alice went on, not with any idea of making another riddle, but simply in her good-natured anxiety for the queer creature. 'That wall is so very narrow!'

'What tremendously easy riddles you ask!' Humpty Dumpty growled out. 'Of course I don't think so! Why, if ever I did fall off—which there's no chance of—but if I did?' Here he pursed his lips and looked so solemn and grand that Alice could hardly help laughing. 'If I did fall,' he went on, 'The King has promised me—with his very own mouth—to—to?'

'To send all his horses and all his men,' Alice interrupted, rather unwisely.

'Now I declare that's too bad!' Humpty Dumpty cried, breaking into a sudden passion. 'You've been listening at doors—and behind trees—and down chimneys—or you couldn't have known it!'

'I haven't, indeed!' Alice said very gently. 'It's in a book.'

'Ah, well! They may write such things in a book,' Humpty Dumpty said in a calmer tone. 'That's what you call a History of England, that is. Now, take a good look at me! I'm one that has spoken to a King, I am: mayhap you'll never see such another: and to show you I'm not proud, you may shake hands with me!' And he grinned almost from ear to ear, as he leant forwards (and as nearly as possible fell off the wall in doing so) and offered Alice his hand. She watched him a little anxiously as she took it. 'If he smiled much more, the ends of his mouth might meet behind,' she thought: 'and then I don't know what would happen to his head! I'm afraid it would come off!'

'Yes, all his horses and all his men,' Humpty Dumpty went on. 'They'd pick me up again in a minute, they would! However, this conversation is going on a little too fast: let's go back to the last remark but one.'

'I'm afraid I can't quite remember it,' Alice said very politely.

'In that case we start fresh,' said Humpty Dumpty, 'and it's my turn to choose a subject—' ('He talks about it just as if it was a game!' thought Alice.) 'So here's a question for you. How old did you say you were?'

Alice made a short calculation, and said 'Seven years and six months.'

'Wrong!' Humpty Dumpty exclaimed triumphantly. 'You never said a word like it!'

'I though you meant "How old are you?"' Alice explained.

'If I'd meant that, I'd have said it,' said Humpty Dumpty.

Alice didn't want to begin another argument, so she said nothing.

'Seven years and six months!' Humpty Dumpty repeated thoughtfully. 'An uncomfortable sort of age. Now if you'd asked my advice, I'd have said "Leave off at seven"—but it's too late now.'

'I never ask advice about growing,' Alice said indignantly.

'Too proud?' the other inquired.

Alice felt even more indignant at this suggestion. 'I mean,' she said, 'that one can't help growing older.'

'One can't, perhaps,' said Humpty Dumpty, 'but two can. With proper assistance, you might have left off at seven.'

'What a beautiful belt you've got on!' Alice suddenly remarked.

(They had had quite enough of the subject of age, she thought: and if they really were to take turns in choosing subjects, it was her turn now.) 'At least,' she corrected herself on second thoughts, 'a beautiful cravat, I should have said—no, a belt, I mean—I beg your pardon!' she added in dismay, for Humpty Dumpty looked thoroughly offended, and she began to wish she hadn't chosen that subject. 'If I only knew,' she thought to herself, 'which was neck and which was waist!'

Evidently Humpty Dumpty was very angry, though he said nothing for a minute or two. When he did speak again, it was in a deep growl.

'It is a—most—provoking—thing,' he said at last, 'when a

person doesn't know a cravat from a belt!'

'I know it's very ignorant of me,' Alice said, in so humble a tone that Humpty Dumpty relented.

'It's a cravat, child, and a beautiful one, as you say. It's a present from the White King and Queen. There now!'

'Is it really?' said Alice, quite pleased to find that she had chosen a good subject, after all.

'They gave it me,' Humpty Dumpty continued thoughtfully, as he crossed one knee over the other and clasped his hands round it, 'they gave it me—for an un-birthday present.'

'I beg your pardon?' Alice said with a puzzled air.

'I'm not offended,' said Humpty Dumpty.

'I mean, what is an un-birthday present?'

'A present given when it isn't your birthday, of course.'

Alice considered a little. 'I like birthday presents best,' she said at last.

'You don't know what you're talking about!' cried Humpty Dumpty. 'How many days are there in a year?'

'Three hundred and sixty-five,' said Alice.

'And how many birthdays have you?'

'One.'

'And if you take one from three hundred and sixty-five, what remains?'

'Three hundred and sixty-four, of course.'

Humpty Dumpty looked doubtful. 'I'd rather see that done on paper,' he said.

Alice couldn't help smiling as she took out her memorandum-book, and worked the sum for him:

$$
\begin{array}{r}
365 \\
-\ 1 \\
\hline
364
\end{array}
$$

Humpty Dumpty took the book, and looked at it carefully. 'That seems to be done right?' he began.

'You're holding it upside down!' Alice interrupted.

'To be sure I was!' Humpty Dumpty said gaily, as she turned it round for him. 'I thought it looked a little queer. As I was saying, that seems to be done right—though I haven't time to look it over thoroughly just now—and that shows that there are three hundred and sixty-four days when you might get un-birthday presents?'

'Certainly,' said Alice.

'And only one for birthday presents, you know. There's glory for you!'

'I don't know what you mean by "glory,"' Alice said.

Humpty Dumpty smiled contemptuously. 'Of course you don't—till I tell you. I meant "there's a nice knock-down argument for you!"'

'But "glory" doesn't mean "a nice knock-down argument,"' Alice objected.

'When I use a word,' Humpty Dumpty said in rather a scornful tone, 'it means just what I choose it to mean—neither more nor less.'

'The question is,' said Alice, 'whether you can make words mean so many different things.'

'The question is,' said Humpty Dumpty, 'which is to be master—that's all.'

Alice was too much puzzled to say anything, so after a minute Humpty Dumpty began again. 'They've a temper, some of them—particularly verbs, they're the proudest—adjectives you can do anything with, but not verbs—however, I can manage the whole lot of them! Impenetrability! That's what I say!'

'Would you tell me, please,' said Alice 'what that means?'

'Now you talk like a reasonable child,' said Humpty Dumpty, looking very much pleased. 'I meant by "impenetrability" that we've had enough of that subject, and it would be just as well if you'd mention what you mean to do next, as I suppose you don't mean to stop here all the rest of your life.'

'That's a great deal to make one word mean,' Alice said in a thoughtful tone.

'When I make a word do a lot of work like that,' said Humpty Dumpty, 'I always pay it extra.'

'Oh!' said Alice. She was too much puzzled to make any other remark.

'Ah, you should see 'em come round me of a Saturday night,' Humpty Dumpty went on, wagging his head gravely from side to side: 'for to get their wages, you know.'

(Alice didn't venture to ask what he paid them with; and so you see I can't tell you.)

'You seem very clever at explaining words, Sir,' said Alice.

'Would you kindly tell me the meaning of the poem called "Jabberwocky"?'

'Let's hear it,' said Humpty Dumpty. 'I can explain all the poems that were ever invented—and a good many that haven't been invented just yet.'

This sounded very hopeful, so Alice repeated the first verse:

'Twas brillig, and the slithy toves Did gyre and gimble in the wabe; All mimsy were the borogoves, And the mome raths outgrabe.

'That's enough to begin with,' Humpty Dumpty interrupted: 'there are plenty of hard words there. "Brillig" means four o'clock in the afternoon—the time when you begin broiling things for dinner.'

'That'll do very well,' said Alice: 'and "slithy"?'

'Well, "slithy" means "lithe and slimy." "Lithe" is the same as "active." You see it's like a portmanteau—there are two meanings packed up into one word.'

'I see it now,' Alice remarked thoughtfully: 'and what are "toves"?'

'Well, "toves" are something like badgers—they're something like lizards—and they're something like corkscrews.'

'They must be very curious looking creatures.'

'They are that,' said Humpty Dumpty: 'also they make their nests under sun-dials—also they live on cheese.'

'And what's the "gyre" and to "gimble"?'

'To "gyre" is to go round and round like a gyroscope. To "gimble" is to make holes like a gimlet.'

'And "the wabe" is the grass-plot round a sun-dial, I suppose?' said Alice, surprised at her own ingenuity.

'Of course it is. It's called "wabe," you know, because it goes a long way before it, and a long way behind it?'

'And a long way beyond it on each side,' Alice added.

'Exactly so. Well, then, "mimsy" is "flimsy and miserable" (there's another portmanteau for you). And a "borogove" is a thin shabby-looking bird with its feathers sticking out all round—something like a live mop.'

'And then "mome raths"?' said Alice. 'I'm afraid I'm giving you a great deal of trouble.'

'Well, a "rath" is a sort of green pig: but "mome" I'm not certain about. I think it's short for "from home"—meaning that they'd lost their way, you know.'

'And what does "outgrabe" mean?'

'Well, "outgribing" is something between bellowing and whistling, with a kind of sneeze in the middle: however, you'll hear it done, maybe—down in the wood yonder—and when you've once heard it you'll be quite content. Who's been repeating all that hard stuff to you?'

'I read it in a book,' said Alice. 'But I had some poetry repeated to me, much easier than that, by—Tweedledee, I think it was.'

'As to poetry, you know,' said Humpty Dumpty, stretching out one of his great hands, 'I can repeat poetry as well as other folk, if it comes to that?'

'Oh, it needn't come to that!' Alice hastily said, hoping to keep him from beginning.

'The piece I'm going to repeat,' he went on without noticing her remark, 'was written entirely for your amusement.'

Alice felt that in that case she really ought to listen to it, so she sat down, and said 'Thank you' rather sadly.

'In winter, when the fields are white, I sing this song for your delight?

only I don't sing it,' he added, as an explanation.

'I see you don't,' said Alice.

'If you can see whether I'm singing or not, you've sharper eyes than most.' Humpty Dumpty remarked severely. Alice was silent.

'In spring, when woods are getting green, I'll try and tell you what I mean.'

'Thank you very much,' said Alice.

'In summer, when the days are long, Perhaps you'll understand the song: In autumn, when the leaves are brown, Take pen and ink, and write it down.'

'I will, if I can remember it so long,' said Alice.

'You needn't go on making remarks like that,' Humpty Dumpty said: 'they're not sensible, and they put me out.'

'I sent a message to the fish: I told them "This is what I wish." The little fishes of the sea, They sent an answer back to me. The little fishes' answer was "We cannot do it, Sir, because?"'

'I'm afraid I don't quite understand,' said Alice.

'It gets easier further on,' Humpty Dumpty replied.

'I sent to them again to say "It will be better to obey." The fishes answered with a grin, "Why, what a temper you are in!" I told them once, I told them twice: They would not listen to advice. I took a kettle large and new, Fit for the deed I had to do. My heart went hop, my heart went thump; I filled the kettle at the pump. Then some one came to me and said, "The little fishes are in bed." I said to him, I said it plain, "Then you must wake them up again." I said it very loud and clear; I went and shouted in his ear.'

Humpty Dumpty raised his voice almost to a scream as he repeated this verse, and Alice thought with a shudder, 'I wouldn't have been the messenger for anything!'

'But he was very stiff and proud; He said "You needn't shout so loud!" And he was very proud and stiff; He said "I'd go and wake them, if?" I took a corkscrew from the shelf: I went to wake them up myself. And when I found the door was locked, I pulled and pushed and kicked and knocked. And when I found the door was shut, I tried to turn the handle, but?'

There was a long pause.

'Is that all?' Alice timidly asked.

'That's all,' said Humpty Dumpty. 'Good-bye.'

This was rather sudden, Alice thought: but, after such a very strong hint that she ought to be going, she felt that it would hardly be civil to stay. So she got up, and held out her hand. 'Good-bye, till we meet again!' she said as cheerfully as she could.

'I shouldn't know you again if we did meet,' Humpty Dumpty replied in a discontented tone, giving her one of his fingers to shake; 'you're so exactly like other people.'

'The face is what one goes by, generally,' Alice remarked in a thoughtful tone.

'That's just what I complain of,' said Humpty Dumpty. 'Your face is the same as everybody has—the two eyes, so?' (marking their places in the air with this thumb) 'nose in the middle, mouth under. It's always the same. Now if you had the two eyes on the same side of the nose, for instance—or the mouth at the top—that would be some help.'

'It wouldn't look nice,' Alice objected. But Humpty Dumpty only shut his eyes and said 'Wait till you've tried.'

Alice waited a minute to see if he would speak again, but as he never opened his eyes or took any further notice of her, she said 'Good-bye!' once more, and, getting no answer to this, she quietly walked away: but she couldn't help saying to herself as she went, 'Of all the unsatisfactory?' (she repeated this aloud, as it was a great comfort to have such a long word to say) 'of all the unsatisfactory people I ever met?' She never finished the sentence, for at this moment a heavy crash shook the forest from end to end.

CHAPTER 7

The Lion and the Unicorn

The next moment soldiers came running through the wood, at first in twos and threes, then ten or twenty together, and at last in such crowds that they seemed to fill the whole forest. Alice got behind a tree, for fear of being run over, and watched them go by.

She thought that in all her life she had never seen soldiers so uncertain on their feet: they were always tripping over something or other, and whenever one went down, several more always fell over him, so that the ground was soon covered with little heaps of men.

Then came the horses. Having four feet, these managed

rather better than the foot-soldiers: but even they stumbled now and then; and it seemed to be a regular rule that, whenever a horse stumbled the rider fell off instantly. The confusion got worse every moment, and Alice was very glad to get out of the wood into an open place, where she found the White King seated on the ground, busily writing in his memorandum-book.

'I've sent them all!' the King cried in a tone of delight, on seeing Alice. 'Did you happen to meet any soldiers, my dear, as you came through the wood?'

'Yes, I did,' said Alice: 'several thousand, I should think.'

'Four thousand two hundred and seven, that's the exact number,' the King said, referring to his book. 'I couldn't send all the horses, you know, because two of them are wanted in the game. And I haven't sent the two Messengers, either. They're both gone to the town. Just look along the road, and tell me if you can see either of them.'

'I see nobody on the road,' said Alice.

'I only wish I had such eyes,' the King remarked in a fretful tone. 'To be able to see Nobody! And at that distance, too! Why, it's as much as I can do to see real people, by this light!'

All this was lost on Alice, who was still looking intently along the road, shading her eyes with one hand. 'I see somebody now!' she exclaimed at last. 'But he's coming very slowly—and what curious attitudes he goes into!' (For the messenger kept skipping up and down, and wriggling like an eel, as he came along, with his great hands spread out like fans on each side.)

'Not at all,' said the King. 'He's an Anglo-Saxon Messenger—

and those are Anglo-Saxon attitudes. He only does them when he's happy. His name is Haigha.' (He pronounced it so as to rhyme with 'mayor.')

'I love my love with an H,' Alice couldn't help beginning, 'because he is Happy. I hate him with an H, because he is Hideous. I fed him with—with—with Ham-sandwiches and Hay. His name is Haigha, and he lives—'.

'He lives on the Hill,' the King remarked simply, without the least idea that he was joining in the game, while Alice was still hesitating for the name of a town beginning with H. 'The other Messenger's called Hatta. I must have two, you know—to come and go. One to come, and one to go.'

'I beg your pardon?' said Alice.

'It isn't respectable to beg,' said the King.

'I only meant that I didn't understand,' said Alice. 'Why one to come and one to go?'

'Didn't I tell you?' the King repeated impatiently. 'I must have two—to fetch and carry. One to fetch, and one to carry.'

At this moment the Messenger arrived: he was far too much out of breath to say a word, and could only wave his hands about, and make the most fearful faces at the poor King.

'This young lady loves you with an H,' the King said, introducing Alice in the hope of turning off the Messenger's attention from himself—but it was no use—the Anglo-Saxon attitudes only got more extraordinary every moment, while the great eyes rolled wildly from side to side.

'You alarm me!' said the King. 'I feel faint—Give me a ham

sandwich!'

On which the Messenger, to Alice's great amusement, opened a bag that hung round his neck, and handed a sandwich to the King, who devoured it greedily.

'Another sandwich!' said the King.

'There's nothing but hay left now,' the Messenger said, peeping into the bag.

'Hay, then,' the King murmured in a faint whisper.

Alice was glad to see that it revived him a good deal. 'There's nothing like eating hay when you're faint,' he remarked to her, as he munched away.

'I should think throwing cold water over you would be better,' Alice suggested: 'or some sal-volatile.'

'I didn't say there was nothing better,' the King replied. 'I said there was nothing like it.' Which Alice did not venture to deny.

'Who did you pass on the road?' the King went on, holding out his hand to the Messenger for some more hay.

'Nobody,' said the Messenger.

'Quite right,' said the King: 'this young lady saw him too. So of course Nobody walks slower than you.'

'I do my best,' the Messenger said in a sulky tone. 'I'm sure nobody walks much faster than I do!'

'He can't do that,' said the King, 'or else he'd have been here first. However, now you've got your breath, you may tell us what's happened in the town.'

'I'll whisper it,' said the Messenger, putting his hands to his mouth in the shape of a trumpet, and stooping so as to get close to the King's ear. Alice was sorry for this, as she wanted to hear the news too. However, instead of whispering, he simply shouted at the top of his voice 'They're at it again!'

'Do you call that a whisper?' cried the poor King, jumping up and shaking himself. 'If you do such a thing again, I'll have you buttered! It went through and through my head like an earthquake!'

'It would have to be a very tiny earthquake!' thought Alice. 'Who are at it again?' she ventured to ask.

'Why the Lion and the Unicorn, of course,' said the King.

'Fighting for the crown?'

'Yes, to be sure,' said the King: 'and the best of the joke is, that it's my crown all the while! Let's run and see them.' And they trotted off, Alice repeating to herself, as she ran, the words of the old song:—

'The Lion and the Unicorn were fighting for the crown: The Lion beat the Unicorn all round the town. Some gave them white bread, some gave them brown; Some gave them plum-cake and drummed them out of town.'

'Does—the one—that wins—get the crown?' she asked, as well as she could, for the run was putting her quite out of breath.

'Dear me, no!' said the King. 'What an idea!'

'Would you—be good enough,' Alice panted out, after running a little further, 'to stop a minute—just to get—one's breath again?'

'I'm good enough,' the King said, 'only I'm not strong enough. You see, a minute goes by so fearfully quick. You might as well try to stop a Bandersnatch!'

Alice had no more breath for talking, so they trotted on in silence, till they came in sight of a great crowd, in the middle of which the Lion and Unicorn were fighting. They were in such a cloud of dust, that at first Alice could not make out which was which: but she soon managed to distinguish the Unicorn by his horn.

They placed themselves close to where Hatta, the other messenger, was standing watching the fight, with a cup of tea in one hand and a piece of bread-and-butter in the other.

'He's only just out of prison, and he hadn't finished his tea when he was sent in,' Haigha whispered to Alice: 'and they only give them oyster-shells in there—so you see he's very hungry and thirsty. How are you, dear child?' he went on, putting his arm affectionately round Hatta's neck.

Hatta looked round and nodded, and went on with his bread and butter.

'Were you happy in prison, dear child?' said Haigha.

Hatta looked round once more, and this time a tear or two trickled down his cheek: but not a word would he say.

'Speak, can't you!' Haigha cried impatiently. But Hatta only munched away, and drank some more tea.

'Speak, won't you!' cried the King. 'How are they getting on with the fight?'

Hatta made a desperate effort, and swallowed a large piece of bread-and-butter. 'They're getting on very well,' he said in a choking voice: 'each of them has been down about eighty-seven times.'

'Then I suppose they'll soon bring the white bread and the brown?' Alice ventured to remark.

'It's waiting for 'em now,' said Hatta: 'this is a bit of it as I'm eating.'

There was a pause in the fight just then, and the Lion and the Unicorn sat down, panting, while the King called out 'Ten minutes allowed for refreshments!' Haigha and Hatta set to work at once, carrying rough trays of white and brown bread. Alice took a piece to taste, but it was very dry.

'I don't think they'll fight any more to-day,' the King said to Hatta: 'go and order the drums to begin.' And Hatta went bounding away like a grasshopper.

For a minute or two Alice stood silent, watching him. Suddenly she brightened up. 'Look, look!' she cried, pointing eagerly. 'There's the White Queen running across the country! She came flying out of the wood over yonder? How fast those Queens can run!'

'There's some enemy after her, no doubt,' the King said, without even looking round. 'That wood's full of them.'

'But aren't you going to run and help her?' Alice asked, very much surprised at his taking it so quietly.

'No use, no use!' said the King. 'She runs so fearfully quick. You might as well try to catch a Bandersnatch! But I'll make a memorandum about her, if you like—She's a dear good creature,' he repeated softly to himself, as he opened his memorandum-book. 'Do you spell "creature" with a double "e"?'

At this moment the Unicorn sauntered by them, with his hands in his pockets. 'I had the best of it this time?' he said to the King, just glancing at him as he passed.

'A little—a little,' the King replied, rather nervously. 'You shouldn't have run him through with your horn, you know.'

'It didn't hurt him,' the Unicorn said carelessly, and he was going on, when his eye happened to fall upon Alice: he turned round rather instantly, and stood for some time looking at her with an air of the deepest disgust.

'What—is—this—' he said at last.

'This is a child!' Haigha replied eagerly, coming in front of Alice to introduce her, and spreading out both his hands towards her in an Anglo-Saxon attitude. 'We only found it to-day. It's as large as life, and twice as natural!'

'I always thought they were fabulous monsters!' said the Unicorn. 'Is it alive?'

'It can talk,' said Haigha, solemnly.

The Unicorn looked dreamily at Alice, and said 'Talk, child.'

Alice could not help her lips curling up into a smile as she began: 'Do you know, I always thought Unicorns were fabulous monsters, too! I never saw one alive before!'

'Well, now that we have seen each other,' said the Unicorn, 'if you'll believe in me, I'll believe in you. Is that a bargain?'

'Yes, if you like,' said Alice.

'Come, fetch out the plum-cake, old man!' the Unicorn went on, turning from her to the King. 'None of your brown bread for me!'

'Certainly—certainly!' the King muttered, and beckoned to Haigha. 'Open the bag!' he whispered. 'Quick! Not that one—that's full of hay!'

Haigha took a large cake out of the bag, and gave it to Alice to hold, while he got out a dish and carving-knife. How they all came out of it Alice couldn't guess. It was just like a conjuring-trick, she thought.

The Lion had joined them while this was going on: he looked very tired and sleepy, and his eyes were half shut. 'What's this!' he said, blinking lazily at Alice, and speaking in a deep hollow tone that sounded like the tolling of a great bell.

'Ah, what is it, now?' the Unicorn cried eagerly. 'You'll never guess! I couldn't.'

The Lion looked at Alice wearily. 'Are you animal—vegetable—or mineral?' he said, yawning at every other word.

'It's a fabulous monster!' the Unicorn cried out, before Alice could reply.

'Then hand round the plum-cake, Monster,' the Lion said, lying down and putting his chin on his paws. 'And sit down, both of you,' (to the King and the Unicorn): 'fair play with the cake, you know!'

The King was evidently very uncomfortable at having to sit down between the two great creatures; but there was no other place for him.

'What a fight we might have for the crown, now!' the Unicorn said, looking slyly up at the crown, which the poor King was nearly shaking off his head, he trembled so much.

'I should win easy,' said the Lion.

'I'm not so sure of that,' said the Unicorn.

'Why, I beat you all round the town, you chicken!' the Lion replied angrily, half getting up as he spoke.

Here the King interrupted, to prevent the quarrel going on: he was very nervous, and his voice quite quivered. 'All round the town?' he said. 'That's a good long way. Did you go by the old bridge, or the market-place? You get the best view by the old bridge.'

'I'm sure I don't know,' the Lion growled out as he lay down again. 'There was too much dust to see anything. What a time the Monster is, cutting up that cake!'

Alice had seated herself on the bank of a little brook, with the great dish on her knees, and was sawing away diligently with the knife. 'It's very provoking!' she said, in reply to the Lion (she was getting quite used to being called 'the Monster'). 'I've cut several slices already, but they always join on again!'

'You don't know how to manage Looking-glass cakes,' the Unicorn remarked. 'Hand it round first, and cut it afterwards.'

This sounded nonsense, but Alice very obediently got up, and carried the dish round, and the cake divided itself into three pieces as she did so. 'Now cut it up,' said the Lion, as she returned to her place with the empty dish.

'I say, this isn't fair!' cried the Unicorn, as Alice sat with the knife in her hand, very much puzzled how to begin. 'The Monster has given the Lion twice as much as me!'

'She's kept none for herself, anyhow,' said the Lion. 'Do you like plum-cake, Monster?'

But before Alice could answer him, the drums began.

Where the noise came from, she couldn't make out: the air seemed full of it, and it rang through and through her head till she felt quite deafened. She started to her feet and sprang across the little brook in her terror,

and had just time to see the Lion and the Unicorn rise to their feet, with angry looks at being interrupted in their feast, before she dropped to her knees, and put her hands over her ears, vainly trying to shut out the dreadful uproar.

'If that doesn't "drum them out of town,"' she thought to herself, 'nothing ever will!'

CHAPTER 8

'It's my own Invention'

After a while the noise seemed gradually to die away, till all was dead silence, and Alice lifted up her head in some alarm. There was no one to be seen, and her first thought was that she must have been dreaming about the Lion and the Unicorn and those queer Anglo-Saxon Messengers. However, there was the great dish still lying at her feet, on which she had tried to cut the plum-cake. 'So I wasn't dreaming, after all,' she said to herself, 'unless—unless we're all part of the same dream. Only I do hope it's my dream, and not the Red King's! I don't like belonging to another person's dream,' she went on in a rather complaining tone: 'I've a great mind to go and wake him, and see what happens!'

At this moment her thoughts were interrupted by a loud shouting of 'Ahoy! Ahoy! Check!' and a Knight dressed in crimson armour came galloping down upon her, brandishing a great club. Just as he reached her, the horse stopped suddenly: 'You're my prisoner!' the Knight cried, as he tumbled off his horse.

Startled as she was, Alice was more frightened for him than for herself at the moment, and watched him with some anxiety as he mounted again. As soon as he was comfortably in the saddle, he began once more 'You're my?' but here another voice broke in 'Ahoy! Ahoy! Check!' and Alice looked round in some surprise for the new enemy.

This time it was a White Knight. He drew up at Alice's side, and tumbled off his horse just as the Red Knight had done: then he got on again, and the two Knights sat and looked at each other for some time without speaking. Alice looked from one to the other in some bewilderment.

'She's my prisoner, you know!' the Red Knight said at last.

'Yes, but then I came and rescued her!' the White Knight replied.

'Well, we must fight for her, then,' said the Red Knight, as he took up his helmet (which hung from the saddle, and was something the shape of a horse's head), and put it on.

'You will observe the Rules of Battle, of course?' the White Knight remarked, putting on his helmet too.

'I always do,' said the Red Knight, and they began banging

away at each other with such fury that Alice got behind a tree to be out of the way of the blows.

'I wonder, now, what the Rules of Battle are,' she said to herself, as she watched the fight, timidly peeping out from her hiding-place: 'one Rule seems to be, that if one Knight hits the other, he knocks him off his horse, and if he misses, he tumbles off himself—and another Rule seems to be that they hold their clubs with their arms, as if they were Punch and Judy—What a noise they make when they tumble! Just like a whole set of fire-irons falling into the fender! And how quiet the horses are! They let them get on and off them just as if they were tables!'

Another Rule of Battle, that Alice had not noticed, seemed to be that they always fell on their heads, and the battle ended with their both falling off in this way, side by side: when they got up again, they shook hands, and then the Red Knight mounted and galloped off.

'It was a glorious victory, wasn't it?' said the White Knight, as he came up panting.

'I don't know,' Alice said doubtfully. 'I don't want to be anybody's prisoner. I want to be a Queen.'

'So you will, when you've crossed the next brook,' said the White Knight. 'I'll see you safe to the end of the wood—and then I must go back, you know. That's the end of my move.'

'Thank you very much,' said Alice. 'May I help you off with your helmet?' It was evidently more than he could manage by himself; however, she managed to shake him out of it at last.

'Now one can breathe more easily,' said the Knight, putting

back his shaggy hair with both hands, and turning his gentle face and large mild eyes to Alice. She thought she had never seen such a strange-looking soldier in all her life.

He was dressed in tin armour, which seemed to fit him very badly, and he had a queer-shaped little deal box fastened across his shoulder, upside-down, and with the lid hanging open. Alice looked at it with great curiosity.

'I see you're admiring my little box.' the Knight said in a friendly tone. 'It's my own invention—to keep clothes and sandwiches in. You see I carry it upside-down, so that the rain can't get in.'

'But the things can get out,' Alice gently remarked. 'Do you know the lid's open?'

'I didn't know it,' the Knight said, a shade of vexation passing over his face. 'Then all the things must have fallen out! And the box is no use without them.' He unfastened it as he spoke, and was just going to throw it into the bushes, when a sudden thought seemed to strike him, and he hung it carefully on a tree. 'Can you guess why I did that?' he said to Alice.

Alice shook her head.

'In hopes some bees may make a nest in it—then I should get the honey.'

'But you've got a bee-hive—or something like one—fastened to the saddle,' said Alice.

'Yes, it's a very good bee-hive,' the Knight said in a discontented tone, 'one of the best kind. But not a single bee has come near it yet. And the other thing is a mouse-trap. I suppose the mice keep the bees out—or the bees keep the mice out, I don't know which.'

'I was wondering what the mouse-trap was for,' said Alice. 'It isn't very likely there would be any mice on the horse's back.'

'Not very likely, perhaps,' said the Knight: 'but if they do come, I don't choose to have them running all about.'

'You see,' he went on after a pause, 'it's as well to be provided for everything. That's the reason the horse has all those anklets round his feet.'

'But what are they for?' Alice asked in a tone of great curiosity.

'To guard against the bites of sharks,' the Knight replied. 'It's an invention of my own. And now help me on. I'll go with you to the end of the wood—What's the dish for?'

'It's meant for plum-cake,' said Alice.

'We'd better take it with us,' the Knight said. 'It'll come in handy if we find any plum-cake. Help me to get it into this bag.'

This took a very long time to manage, though Alice held the bag open very carefully, because the Knight was so very awkward in putting in the dish: the first two or three times that he tried he fell in himself instead. 'It's rather a tight fit, you see,' he said, as they got it in a last; 'There are so many candlesticks in the bag.' And he hung it to the saddle, which was already loaded with bunches of carrots, and fire-irons, and many other things.

'I hope you've got your hair well fastened on?' he continued, as they set off.

'Only in the usual way,' Alice said, smiling.

'That's hardly enough,' he said, anxiously. 'You see the wind is so very strong here. It's as strong as soup.'

'Have you invented a plan for keeping the hair from being blown off?' Alice enquired.

'Not yet,' said the Knight. 'But I've got a plan for keeping it from falling off.'

'I should like to hear it, very much.'

'First you take an upright stick,' said the Knight. 'Then you make your hair creep up it, like a fruit-tree. Now the reason hair falls off is because it hangs down–things never fall upwards, you know. It's a plan of my own invention. You may try it if you like.'

It didn't sound a comfortable plan, Alice thought, and for a few minutes she walked on in silence, puzzling over the idea, and every now and then stopping to help the poor Knight, who certainly was not a good rider.

Whenever the horse stopped (which it did very often), he fell off in front; and whenever it went on again (which it generally did rather suddenly), he fell off behind. Otherwise he kept on pretty well, except that he had a habit of now and then falling off sideways; and as he generally did this on the side on which Alice was walking, she soon found that it was the best plan not to walk quite close to the horse.

'I'm afraid you've not had much practice in riding,' she ventured to say, as she was helping him up from his fifth tumble.

The Knight looked very much surprised, and a little offended at the remark. 'What makes you say that?' he asked, as he scrambled back into the saddle, keeping hold of Alice's hair with one hand, to save himself from falling over on the other side.

'Because people don't fall off quite so often, when they've had much practice.'

'I've had plenty of practice,' the Knight said very gravely: 'plenty of practice!'

Alice could think of nothing better to say than 'Indeed?' but she said it as heartily as she could. They went on a little way in silence after this, the Knight with his eyes shut, muttering to himself, and Alice watching anxiously for the next tumble.

'The great art of riding,' the Knight suddenly began in a loud voice, waving his right arm as he spoke, 'is to keep?' Here the sentence ended as suddenly as it had begun, as the Knight fell heavily on the top of his head exactly in the path where Alice was walking. She was quite frightened this time, and said in an anxious tone, as she picked him up, 'I hope no bones are broken?'

'None to speak of,' the Knight said, as if he didn't mind breaking two or three of them. 'The great art of riding, as I was saying, is—to keep your balance properly. Like this, you know?'

He let go the bridle, and stretched out both his arms to show Alice what he meant, and this time he fell flat on his back, right under the horse's feet.

'Plenty of practice!' he went on repeating, all the time that Alice was getting him on his feet again. 'Plenty of practice!'

'It's too ridiculous!' cried Alice, losing all her patience this time. 'You ought to have a wooden horse on wheels, that you ought!'

'Does that kind go smoothly?' the Knight asked in a tone of great interest, clasping his arms round the horse's neck as he spoke, just in time to save himself from tumbling off again.

'Much more smoothly than a live horse,' Alice said, with a little scream of laughter, in spite of all she could do to prevent it.

'I'll get one,' the Knight said thoughtfully to himself. 'One or two—several.'

There was a short silence after this, and then the Knight went on again. 'I'm a great hand at inventing things. Now, I daresay you noticed, that last time you picked me up, that I was looking rather thoughtful?'

'You were a little grave,' said Alice.

'Well, just then I was inventing a new way of getting over a gate—would you like to hear it?'

'Very much indeed,' Alice said politely.

'I'll tell you how I came to think of it,' said the Knight. 'You see, I said to myself, "The only difficulty is with the feet: the head is high enough already." Now, first I put my head on the top of the gate—then I stand on my head—then the feet are high enough, you see—then I'm over, you see.'

'Yes, I suppose you'd be over when that was done,' Alice said thoughtfully: 'but don't you think it would be rather hard?'

'I haven't tried it yet,' the Knight said, gravely: 'so I can't tell for certain—but I'm afraid it would be a little hard.'

He looked so vexed at the idea, that Alice changed the subject hastily. 'What a curious helmet you've got!' she said cheerfully. 'Is that your invention too?'

The Knight looked down proudly at his helmet, which hung from the saddle. 'Yes,' he said, 'but I've invented a better one than that—like a sugar loaf. When I used to wear it, if I fell off the horse, it always touched the ground directly. So I had a very little way to fall, you see—But there was the danger of falling into it, to be sure. That happened to me once—and the worst of it was, before I could get out again, the other White Knight came and put it on. He thought it was his own helmet.'

The knight looked so solemn about it that Alice did not dare to laugh. 'I'm afraid you must have hurt him,' she said in a trembling voice, 'being on the top of his head.'

'I had to kick him, of course,' the Knight said, very seriously. 'And then he took the helmet off again—but it took hours and hours to get me out. I was as fast as—as lightning, you know.'

'But that's a different kind of fastness,' Alice objected.

The Knight shook his head. 'It was all kinds of fastness with me, I can assure you!' he said. He raised his hands in some excitement as he said this, and instantly rolled out of the saddle, and fell headlong into a deep ditch.

Alice ran to the side of the ditch to look for him. She was rather startled by the fall, as for some time he had kept on very well, and she was afraid that he really was hurt this time. However, though she could see nothing but the soles of his feet, she was much relieved to hear that he was talking on in his usual tone. 'All kinds of fastness,' he repeated: 'but it was careless of him to put another man's helmet on—with the man in it, too.'

'How can you go on talking so quietly, head downwards?' Alice asked, as she dragged him out by the feet, and laid him in a heap on the bank.

The Knight looked surprised at the question. 'What does it matter where my body happens to be?' he said. 'My mind goes on working all the same. In fact, the more head downwards I am, the more I keep inventing new things.'

'Now the cleverest thing of the sort that I ever did,' he went on after a pause, 'was inventing a new pudding during the meat-course.'

'In time to have it cooked for the next course?' said Alice. 'Well, not the next course,' the Knight said in a slow thoughtful tone: 'no, certainly not the next course.'

'Then it would have to be the next day. I suppose you wouldn't have two pudding-courses in one dinner?'

'Well, not the next day,' the Knight repeated as before: 'not the next day. In fact,' he went on, holding his head down, and his voice getting lower and lower, 'I don't believe that pudding ever was cooked! In fact, I don't believe that pudding ever will be cooked! And yet it was a very clever pudding to invent.'

'What did you mean it to be made of?' Alice asked, hoping to cheer him up, for the poor Knight seemed quite low-spirited about it.

'It began with blotting paper,' the Knight answered with a groan.

'That wouldn't be very nice, I'm afraid?'

'Not very nice alone,' he interrupted, quite eagerly: 'but you've no idea what a difference it makes mixing it with other things— such as gunpowder and sealing-wax. And here I must leave you.' They had just come to the end of the wood.

Alice could only look puzzled: she was thinking of the pudding.

'You are sad,' the Knight said in an anxious tone: 'let me sing you a song to comfort you.'

'Is it very long?' Alice asked, for she had heard a good deal of poetry that day.

'It's long,' said the Knight, 'but very, very beautiful. Everybody that hears me sing it— either it brings the tears into their eyes, or else?'

'Or else what?' said Alice, for the Knight had made a sudden pause.

'Or else it doesn't, you know. The name of the song is called "Haddocks' Eyes."'

'Oh, that's the name of the song, is it?' Alice said, trying to feel interested.

'No, you don't understand,' the Knight said, looking a little vexed. 'That's what the name is called. The name really is "The Aged Aged Man."'

'Then I ought to have said "That's what the song is called"?' Alice corrected herself.

'No, you oughtn't: that's quite another thing! The song is called "Ways and Means": but that's only what it's called, you know!'

'Well, what is the song, then?' said Alice, who was by this time completely bewildered.

'I was coming to that,' the Knight said. 'The song really is "A-sitting On A Gate": and the tune's my own invention.'

So saying, he stopped his horse and let the reins fall on its neck: then, slowly beating time with one hand, and with a faint smile lighting up his gentle foolish face, as if he enjoyed the music of his song, he began.

Of all the strange things that Alice saw in her journey Through The Looking-Glass, this was the one that she always remembered most clearly. Years afterwards she could bring the whole scene back again, as if it had been only yesterday—the mild blue eyes and kindly smile of the Knight—the setting sun gleaming through his hair, and shining on his armour in a blaze of light that quite dazzled her—the horse quietly moving about, with the reins hanging loose on his neck, cropping the grass at her feet—and the black shadows of the forest behind—all this she took in like a picture, as, with one hand shading her eyes, she leant against a tree, watching the strange pair, and listening, in a half dream, to the melancholy music of the song.

'But the tune isn't his own invention,' she said to herself: 'it's "I give thee all, I can no more."' She stood and listened very attentively, but no tears came into her eyes.

'I'll tell thee everything I can; There's little to relate. I saw an aged aged man, A-sitting on a gate. "Who are you, aged man?" I said, "and how is it you live?" And his answer trickled through my head Like water through a sieve. He said "I look for butterflies That sleep among the wheat: I make them into mutton-pies, And sell them in the street. I sell them unto men," he said, "Who sail on stormy seas; And that's the way I get my bread? A trifle, if you please." But I was thinking of a plan To dye one's whiskers green, And always use so large a fan That they could not be seen. So, having no reply to give To what the old man said, I cried, "Come, tell me how you live!" And thumped him on the head. His accents mild took up the tale: He said "I go my ways, And when I find a mountain-rill, I set it in a blaze; And thence they make a stuff they call Rolands' Macassar Oil? Yet twopence-halfpenny is all They give me for my toil." But I was thinking of a way To feed oneself on batter, And so go on from day to day Getting a little fatter. I shook him well from side to side, Until his face was blue: "Come, tell me how you live," I cried, "And what it is you do!" He said "I hunt for haddocks' eyes Among the heather bright, And work them into waistcoat-buttons In the silent night. And these I do not sell for gold Or coin of silvery shine But for a copper halfpenny, And that will purchase nine. "I sometimes dig for buttered rolls, Or set limed twigs for crabs; I sometimes search the grassy knolls For wheels of Hansom-cabs. And that's the way" (he gave a wink) "By which I get my wealth? And very gladly will I drink Your Honour's noble health." I heard him then, for I had just Completed my design To keep the Menai bridge from rust By boiling it in wine. I thanked him much for telling me The way he got his wealth, But chiefly for his wish that he Might drink my noble health. And now, if e'er by chance I put My fingers into glue Or madly squeeze a right-hand foot Into a left-hand shoe, Or if I drop upon my toe A very heavy weight, I weep, for it reminds me so, Of that old man I used to know? Whose look was mild, whose speech was slow, Whose hair was whiter than the snow, Whose face was very like a crow, With eyes, like cinders, all aglow, Who seemed distracted with his woe, Who rocked his body to and fro, And muttered mumblingly and low, As if his mouth were full of dough, Who snorted like a buffalo? That summer evening, long ago, A-sitting on a gate.'

As the Knight sang the last words of the ballad, he gathered up the reins, and turned his horse's head along the road by which they had come. 'You've only a few yards to go,' he said, 'down the hill and over that little brook, and then you'll be a Queen—But you'll stay and see me off first?' he added as Alice turned with an eager look in the direction to which he pointed. 'I shan't be long. You'll wait and wave your handkerchief when I get to that turn in the road? I think it'll encourage me, you see.'

'Of course I'll wait,' said Alice: 'and thank you very much for coming so far—and for the song—I liked it very much.'

'I hope so,' the Knight said doubtfully: 'but you didn't cry so much as I thought you would.'

So they shook hands, and then the Knight rode slowly away into the forest. 'It won't take long to see him off, I expect,' Alice said to herself, as she stood watching him. 'There he goes!

Right on his head as usual! However, he gets on again pretty easily—that comes of having so many things hung round the horse.' So she went on talking to herself, as she watched the horse walking leisurely along the road, and the Knight tumbling off, first on one side and then on the other. After the fourth or fifth tumble he reached the turn, and then she waved her handkerchief to him, and waited till he was out of sight.

'I hope it encouraged him,' she said, as she turned to run down the hill: 'and now for the last brook, and to be a Queen! How grand it sounds!' A very few steps brought her to the edge of the brook. 'The Eighth Square at last!' she cried as she bounded across,

❈

and threw herself down to rest on a lawn as soft as moss, with little flower-beds dotted about it here and there. 'Oh, how glad I am to get here! And what is this on my head?' she exclaimed in a tone of dismay, as she put her hands up to something very heavy, and fitted tight all round her head.

'But how can it have got there without my knowing it?' she said to herself, as she lifted it off, and set it on her lap to make out what it could possibly be.

It was a golden crown.

CHAPTER 9

Queen Alice

'Well, this is grand!' said Alice. 'I never expected I should be a Queen so soon—and I'll tell you what it is, your majesty,' she went on in a severe tone (she was always rather fond of scolding herself), 'it'll never do for you to be lolling about on the grass like that! Queens have to be dignified, you know!'

So she got up and walked about? rather stiffly just at first, as she was afraid that the crown might come off: but she comforted herself with the thought that there was nobody to see her, 'and if I really am a Queen,' she said as she sat down again, 'I shall be able to manage it quite well in time.'

Everything was happening so oddly that she didn't feel a bit surprised at finding the Red Queen and the White Queen sitting close to her, one on each side: she would have liked very much to ask them how they came there, but she feared it would not be quite civil. However, there would be no harm, she thought, in asking if the game was over. 'Please, would you tell me?' she began, looking timidly at the Red Queen.

'Speak when you're spoken to!' The Queen sharply interrupted her.

'But if everybody obeyed that rule,' said Alice, who was always ready for a little argument, 'and if you only spoke when you were spoken to, and the other person always waited for you to begin, you see nobody would ever say anything, so that?'

'Ridiculous!' cried the Queen. 'Why, don't you see, child?' here she broke off with a frown, and, after thinking for a minute, suddenly changed the subject of the conversation. 'What do you mean by "If you really are a Queen"? What right have you to call yourself so? You can't be a Queen, you know, till you've passed the proper examination. And the sooner we begin it, the better.'

'I only said "if"!' poor Alice pleaded in a piteous tone.

The two Queens looked at each other, and the Red Queen remarked, with a little shudder, 'She says she only said "if"?'

'But she said a great deal more than that!' the White Queen moaned, wringing her hands. 'Oh, ever so much more than that!'

'So you did, you know,' the Red Queen said to Alice. 'Always speak the truth—think before you speak—and write it down afterwards.'

'I'm sure I didn't mean?' Alice was beginning, but the Red Queen interrupted her impatiently.

'That's just what I complain of! You should have meant! What do you suppose is the use of child without any meaning? Even a joke should have some meaning—and a child's more important than a joke, I hope. You couldn't deny that, even if you tried with both hands.'

'I don't deny things with my hands,' Alice objected.

'Nobody said you did,' said the Red Queen. 'I said you couldn't if you tried.'

'She's in that state of mind,' said the White Queen, 'that she wants to deny something—only she doesn't know what to deny!'

'A nasty, vicious temper,' the Red Queen remarked; and then there was an uncomfortable silence for a minute or two.

The Red Queen broke the silence by saying to the White Queen, 'I invite you to Alice's dinner-party this afternoon.'

The White Queen smiled feebly, and said 'And I invite you.'

'I didn't know I was to have a party at all,' said Alice; 'but if there is to be one, I think I ought to invite the guests.'

'We gave you the opportunity of doing it,' the Red Queen remarked: 'but I daresay you've not had many lessons in manners yet?'

'Manners are not taught in lessons,' said Alice. 'Lessons teach you to do sums, and things of that sort.'

'And you do Addition?' the White Queen asked. 'What's one and one and one and one and one and one and one and one and one and one?'

'I don't know,' said Alice. 'I lost count.'

'She can't do Addition,' the Red Queen interrupted. 'Can you do Subtraction? Take nine from eight.'

'Nine from eight I can't, you know,' Alice replied very readily: 'but?'

'She can't do Subtraction,' said the White Queen. 'Can you do Division? Divide a loaf by a knife—what's the answer to that?'

'I suppose?' Alice was beginning, but the Red Queen answered for her. 'Bread-and-butter, of course. Try another Subtraction sum. Take a bone from a dog: what remains?'

Alice considered. 'The bone wouldn't remain, of course, if I took it—and the dog wouldn't remain; it would come to bite me—and I'm sure I shouldn't remain!'

'Then you think nothing would remain?' said the Red Queen.

'I think that's the answer.'

'Wrong, as usual,' said the Red Queen: 'the dog's temper would remain.'

'But I don't see how?'

'Why, look here!' the Red Queen cried. 'The dog would lose its temper, wouldn't it?'

'Perhaps it would,' Alice replied cautiously.

'Then if the dog went away, its temper would remain!' the Queen exclaimed triumphantly.

Alice said, as gravely as she could, 'They might go different ways.' But she couldn't help thinking to herself, 'What dreadful nonsense we are talking!'

'She can't do sums a bit!' the Queens said together, with great emphasis.

'Can you do sums?' Alice said, turning suddenly on the White Queen, for she didn't like being found fault with so much.

The Queen gasped and shut her eyes. 'I can do Addition, if you give me time—but I can't do Subtraction, under any circumstances!'

'Of course you know your A B C?' said the Red Queen.

'To be sure I do.' said Alice.

'So do I,' the White Queen whispered: 'we'll often say it over together, dear. And I'll tell you a secret—I can read words of one letter! Isn't that grand! However, don't be discouraged. You'll come to it in time.'

Here the Red Queen began again. 'Can you answer useful questions?' she said. 'How is bread made?'

'I know that!' Alice cried eagerly. 'You take some flour—'

'Where do you pick the flower?' the White Queen asked. 'In a garden, or in the hedges?'

'Well, it isn't picked at all,' Alice explained: 'it's ground—'

'How many acres of ground?' said the White Queen. 'You mustn't leave out so many things.'

'Fan her head!' the Red Queen anxiously interrupted. 'She'll be feverish after so much thinking.' So they set to work and fanned her with bunches of leaves, till she had to beg them to leave off, it blew her hair about so.

'She's all right again now,' said the Red Queen. 'Do you know Languages? What's the French for fiddle-de-dee?'

'Fiddle-de-dee's not English,' Alice replied gravely.

'Who ever said it was?' said the Red Queen.

Alice thought she saw a way out of the difficulty this time. 'If you'll tell me what language "fiddle-de-dee" is, I'll tell you the French for it!' she exclaimed triumphantly.

But the Red Queen drew herself up rather stiffly, and said 'Queens never make bargains.'

'I wish Queens never asked questions,' Alice thought to herself.

'Don't let us quarrel,' the White Queen said in an anxious tone. 'What is the cause of lightning?'

'The cause of lightning,' Alice said very decidedly, for she felt quite certain about this, 'is the thunder—no, no!' she hastily corrected herself. 'I meant the other way.'

'It's too late to correct it,' said the Red Queen: 'when you've once said a thing, that fixes it, and you must take the consequences.'

'Which reminds me?' the White Queen said, looking down and nervously clasping and unclasping her hands, 'we had such a thunderstorm last Tuesday—I mean one of the last set of Tuesdays, you know.'

Alice was puzzled. 'In our country,' she remarked, 'there's only one day at a time.'

The Red Queen said, 'That's a poor thin way of doing things. Now here, we mostly have days and nights two or three at a time, and sometimes in the winter we take as many as five nights together—for warmth, you know.'

'Are five nights warmer than one night, then?' Alice ventured to ask.

'Five times as warm, of course.'

'But they should be five times as cold, by the same rule?'

'Just so!' cried the Red Queen. 'Five times as warm, and five times as cold—just as I'm five times as rich as you are, and five times as clever!'

Alice sighed and gave it up. 'It's exactly like a riddle with no answer!' she thought.

'Humpty Dumpty saw it too,' the White Queen went on in a low voice, more as if she were talking to herself. 'He came to the door with a corkscrew in his hand—'

'What did he want?' said the Red Queen.

'He said he would come in,' the White Queen went on, 'because he was looking for a hippopotamus. Now, as it happened, there wasn't such a thing in the house, that morning.'

'Is there generally?' Alice asked in an astonished tone.

'Well, only on Thursdays,' said the Queen.

'I know what he came for,' said Alice: 'he wanted to punish the fish, because—'

Here the White Queen began again. 'It was such a thunderstorm, you can't think!' ('She never could, you know,' said the Red Queen.) 'And part of the roof came off, and ever so much thunder got in—and it went rolling round the room in great lumps—and knocking over the tables and things—till I was so frightened, I couldn't remember my own name!'

Alice thought to herself, 'I never should try to remember my name in the middle of an accident! Where would be the use of it?' but she did not say this aloud, for fear of hurting the poor Queen's feeling.

'Your Majesty must excuse her,' the Red Queen said to Alice, taking one of the White Queen's hands in her own, and gently stroking it: 'she means well, but she can't help saying foolish things, as a general rule.'

The White Queen looked timidly at Alice, who felt she ought to say something kind, but really couldn't think of anything at the moment.

'She never was really well brought up,' the Red Queen went on: 'but it's amazing how good-tempered she is! Pat her on the head, and see how pleased she'll be!' But this was more than Alice had courage to do.

'A little kindness—and putting her hair in papers—would do wonders with her.'

The White Queen gave a deep sigh, and laid her head on Alice's shoulder. 'I am so sleepy!' she moaned.

'She's tired, poor thing!' said the Red Queen. 'Smooth her hair—lend her your nightcap—and sing her a soothing lullaby.'

'I haven't got a nightcap with me,' said Alice, as she tried to obey the first direction: 'and I don't know any soothing lullabies.'

'I must do it myself, then,' said the Red Queen, and she began:

'Hush-a-by lady, in Alice's lap! Till the feast's ready, we've time for a nap: When the feast's over, we'll go to the ball? Red Queen, and White Queen, and Alice, and all!

'And now you know the words,' she added, as she put her head down on Alice's other shoulder, 'just sing it through to me. I'm getting sleepy, too.' In another moment both Queens were fast asleep, and snoring loud.

'What am I to do?' exclaimed Alice, looking about in great perplexity, as first one round head, and then the other, rolled down from her shoulder, and lay like a heavy lump in her lap. 'I don't think it ever happened before, that any one had to take care of two Queens asleep at once! No, not in all the History of England—it couldn't, you know, because there never was more than one Queen at a time. Do wake up, you heavy things!' she went on in an impatient tone; but there was no answer but a gentle snoring.

The snoring got more distinct every minute, and sounded more like a tune: at last she could even make out the words, and she listened so eagerly that, when the two great heads vanished from her lap, she hardly missed them.

She was standing before an arched doorway over which were the words QUEEN ALICE in large letters, and on each side of the arch there was a bell-handle; one was marked 'Visitors' Bell,' and the other 'Servants' Bell.'

'I'll wait till the song's over,' thought Alice, 'and then I'll ring— the—which bell must I ring?' she went on, very much puzzled by the names. 'I'm not a visitor, and I'm not a servant. There ought to be one marked "Queen," you know?'

Just then the door opened a little way, and a creature with a long beak put its head out for a moment and said 'No admittance till the week after next!' and shut the door again with a bang.

Alice knocked and rang in vain for a long time, but at last, a very old Frog, who was sitting under a tree, got up and hobbled slowly towards her: he was dressed in bright yellow, and had enormous boots on.

'What is it, now?' the Frog said in a deep hoarse whisper.

Alice turned round, ready to find fault with anybody. 'Where's the servant whose business it is to answer the door?' she began angrily.

'Which door?' said the Frog.

Alice almost stamped with irritation at the slow drawl in which he spoke. 'This door, of course!'

The Frog looked at the door with his large dull eyes for a minute: then he went nearer and rubbed it with his thumb, as if he were trying whether the paint would come off; then he looked at Alice.

'To answer the door?' he said. 'What's it been asking of?' He was so hoarse that Alice could scarcely hear him.

'I don't know what you mean,' she said.

'I talks English, doesn't I?' the Frog went on. 'Or are you deaf? What did it ask you?'

'Nothing!' Alice said impatiently. 'I've been knocking at it!'

'Shouldn't do that—shouldn't do that?' the Frog muttered. 'Vexes it, you know.' Then he went up and gave the door a kick with one of his great feet. 'You let it alone,' he panted out, as he hobbled back to his tree, 'and it'll let you alone, you know.'

At this moment the door was flung open, and a shrill voice was heard singing:

'To the Looking-Glass world it was Alice that said, "I've a sceptre in hand, I've a crown on my head; Let the Looking-Glass creatures, whatever they be, Come and dine with the Red Queen, the White Queen, and me."'

And hundreds of voices joined in the chorus:

'Then fill up the glasses as quick as you can, And sprinkle the table with buttons and bran: Put cats in the coffee, and mice in the tea? And welcome Queen Alice with thirty-times-three!'

Then followed a confused noise of cheering, and Alice thought to herself, 'Thirty times three makes ninety. I wonder if any one's counting?' In a minute there was silence again, and the same shrill voice sang another verse;

'"O Looking-Glass creatures," quoth Alice, "draw near! 'Tis an honour to see me, a favour to hear: 'Tis a privilege high to have dinner and tea Along with the Red Queen, the White Queen, and me!"'

Then came the chorus again:?

'Then fill up the glasses with treacle and ink, Or anything else that is pleasant to drink: Mix sand with the cider, and wool with the wine? And welcome Queen Alice with ninety-times-nine!'

'Ninety times nine!' Alice repeated in despair, 'Oh, that'll never be done! I'd better go in at once?' and there was a dead silence the moment she appeared.

Alice glanced nervously along the table, as she walked up the large hall, and noticed that there were about fifty guests, of all kinds: some were animals, some birds, and there were even a few flowers among them. 'I'm glad they've come without waiting to be asked,' she thought: 'I should never have known who were the right people to invite!'

There were three chairs at the head of the table; the Red and White Queens had already taken two of them, but the middle one was empty. Alice sat down in it, rather uncomfortable in the silence, and longing for some one to speak.

At last the Red Queen began. 'You've missed the soup and fish,' she said. 'Put on the joint!' And the waiters set a leg of mutton before Alice, who looked at it rather anxiously, as she had never had to carve a joint before.

'You look a little shy; let me introduce you to that leg of mutton,' said the Red Queen. 'Alice—Mutton; Mutton—Alice.' The leg of mutton got up in the dish and made a little bow to Alice; and Alice returned the bow, not knowing whether to be frightened or amused.

'May I give you a slice?' she said, taking up the knife and fork, and looking from one Queen to the other.

'Certainly not,' the Red Queen said, very decidedly: 'it isn't etiquette to cut any one you've been introduced to. Remove the joint!' And the waiters carried it off, and brought a large plum-pudding in its place.

'I won't be introduced to the pudding, please,' Alice said rather hastily, 'or we shall get no dinner at all. May I give you some?'

But the Red Queen looked sulky, and growled 'Pudding—Alice; Alice—Pudding. Remove the pudding!' and the waiters took it away so quickly that Alice couldn't return its bow.

However, she didn't see why the Red Queen should be the only one to give orders, so, as an experiment, she called out 'Waiter! Bring back the pudding!' and there it was again in a moment like a conjuring-trick. It was so large that she couldn't help feeling a little shy with it, as she had been with the mutton; however, she conquered her shyness by a great effort and cut a slice and handed it to the Red Queen.

'What impertinence!' said the Pudding. 'I wonder how you'd like it, if I were to cut a slice out of you, you creature!'

It spoke in a thick, suety sort of voice, and Alice hadn't a word to say in reply: she could only sit and look at it and gasp.

'Make a remark,' said the Red Queen: 'it's ridiculous to leave all the conversation to the pudding!'

'Do you know, I've had such a quantity of poetry repeated to me to-day,' Alice began, a little frightened at finding that, the moment she opened her lips, there was dead silence, and all eyes were fixed upon her; 'and it's a very curious thing, I think—every poem was about fishes in some way. Do you know why they're so fond of fishes, all about here?'

She spoke to the Red Queen, whose answer was a little wide of the mark. 'As to fishes,' she said, very slowly and solemnly, putting her mouth close to Alice's ear, 'her White Majesty knows a lovely riddle—all in poetry—all about fishes. Shall she repeat it?'

'Her Red Majesty's very kind to mention it,' the White Queen murmured into Alice's other ear, in a voice like the cooing of a pigeon. 'It would be such a treat! May I?'

'Please do,' Alice said very politely.

The White Queen laughed with delight, and stroked Alice's cheek. Then she began:

'"First, the fish must be caught." That is easy: a baby, I think, could have caught it.

'"Next, the fish must be bought." That is easy: a penny, I think, would have bought it.

'"Now cook me the fish!" That is easy, and will not take more than a minute.

'"Let it lie in a dish!" That is easy, because it already is in it.

'"Bring it here! Let me sup!" It is easy to set such a dish on the table.

'"Take the dish-cover up!" Ah, that is so hard that I fear I'm unable! For it holds it like glue? Holds the lid to the dish, while it lies in the middle: Which is easiest to do, Un-dish-cover the fish, or dishcover the riddle?'

'Take a minute to think about it, and then guess,' said the Red Queen. 'Meanwhile, we'll drink your health—Queen Alice's health!' she screamed at the top of her voice, and all the guests began drinking it directly, and very queerly they managed it: some of them put their glasses upon their heads like extinguishers, and drank all that trickled down their faces—others upset the decanters, and drank the wine as it ran off the edges of the table—and three of them (who looked like kangaroos) scrambled into the dish of roast mutton, and began eagerly lapping up the gravy, 'just like pigs in a trough!' thought Alice.

'You ought to return thanks in a neat speech,' the Red Queen said, frowning at Alice as she spoke.

'We must support you, you know,' the White Queen whispered, as Alice got up to do it, very obediently, but a little frightened.

'Thank you very much,' she whispered in reply, 'but I can do quite well without.'

'That wouldn't be at all the thing,' the Red Queen said very decidedly: so Alice tried to submit to it with a good grace.

('And they *did* push so!' she said afterwards, when she was telling her sister the history of the feast. 'You would have thought they wanted to squeeze me flat!')

In fact it was rather difficult for her to keep in her place while she made her speech: the two Queens pushed her so, one on each side, that they nearly lifted her up into the air: 'I rise to return thanks?' Alice began: and she really *did* rise as she spoke, several inches; but she got hold of the edge of the table, and managed to pull herself down again.

'Take care of yourself!' screamed the White Queen, seizing Alice's hair with both her hands. 'Something's going to happen!'

And then (as Alice afterwards described it) all sorts of things happened in a moment. The candles all grew up to the ceiling, looking something like a bed of rushes with fireworks at the top. As to the bottles, they each took a pair of plates, which they hastily fitted on as wings, and so, with forks for legs, went fluttering about in all directions: 'and very like birds they look,' Alice thought to herself, as well as she could in the dreadful confusion that was beginning.

At this moment she heard a hoarse laugh at her side, and turned to see what was the matter with the White Queen; but, instead of the Queen, there was the leg of mutton sitting in the chair. 'Here I am!' cried a voice from the soup tureen, and Alice turned again, just in time to see the Queen's broad good-natured face grinning at her for a moment over the edge of the tureen, before she disappeared into the soup.

There was not a moment to be lost. Already several of the guests were lying down in the dishes, and the soup ladle was walking up the table towards Alice's chair, and beckoning to her impatiently to get out of its way.

'I can't stand this any longer!' she cried as she jumped up and seized the table-cloth with both hands: one good pull, and plates, dishes, guests, and candles came crashing down together in a heap on the floor.

'And as for you,' she went on, turning fiercely upon the Red Queen, whom she considered as the cause of all the mischief—but the Queen was no longer at her side—she had suddenly dwindled down to the size of a little doll, and was now on the table, merrily running round and round after her own shawl, which was trailing behind her.

At any other time, Alice would have felt surprised at this, but she was far too much excited to be surprised at anything now.

'As for you,' she repeated, catching hold of the little creature in the very act of jumping over a bottle which had just lighted upon the table, 'I'll shake you into a kitten, that I will!'

CHAPTER 10
Shaking

She took her off the table as she spoke, and shook her backwards and forwards with all her might.

The Red Queen made no resistance whatever; only her face grew very small, and her eyes got large and green: and still, as Alice went on shaking her, she kept on growing shorter—and fatter—and softer—and rounder—and?

CHAPTER 11
Waking

and it really was a kitten, after all.

CHAPTER 12

Which Dreamed it?

'Your majesty shouldn't purr so loud,' Alice said, rubbing her eyes, and addressing the kitten, respectfully, yet with some severity. 'You woke me out of oh! such a nice dream! And you've been along with me, Kitty—all through the Looking-Glass world. Did you know it, dear?'

It is a very inconvenient habit of kittens (Alice had once made the remark) that, whatever you say to them, they always purr. 'If they would only purr for "yes" and mew for "no," or any rule of that sort,' she had said, 'so that one could keep up a conversation! But how can you talk with a person if they always say the same thing?'

On this occasion the kitten only purred: and it was impossible to guess whether it meant 'yes' or 'no.'

So Alice hunted among the chessmen on the table till she had found the Red Queen: then she went down on her knees on the hearth-rug, and put the kitten and the Queen to look at each other. 'Now, Kitty!' she cried, clapping her hands triumphantly. 'Confess that was what you turned into!'

('But it wouldn't look at it,' she said, when she was explaining the thing afterwards to her sister: 'it turned away its head, and pretended not to see it: but it looked a little ashamed of itself, so I think it must have been the Red Queen.')

'Sit up a little more stiffly, dear!' Alice cried with a merry laugh. 'And curtsey while you're thinking what to—what to purr. It saves time, remember!' And she caught it up and gave it one little kiss, 'just in honour of having been a Red Queen.'

'Snowdrop, my pet!' she went on, looking over her shoulder at the White Kitten, which was still patiently undergoing its toilet, 'when will Dinah have finished with your White Majesty, I wonder? That must be the reason you were so untidy in my dream—Dinah! do you know that you're scrubbing a White Queen? Really, it's most disrespectful of you!

'And what did Dinah turn to, I wonder?' she prattled on, as she settled comfortably down, with one elbow in the rug, and her chin in her hand, to watch the kittens. 'Tell me, Dinah, did you turn to Humpty Dumpty? I think you did—however, you'd better not mention it to your friends just yet, for I'm not sure.

'By the way, Kitty, if only you'd been really with me in my

dream, there was one thing you would have enjoyed—I had such a quantity of poetry said to me, all about fishes! To-morrow morning you shall have a real treat. All the time you're eating your breakfast, I'll repeat "The Walrus and the Carpenter" to you; and then you can make believe it's oysters, dear!

'Now, Kitty, let's consider who it was that dreamed it all. This is a serious question, my dear, and you should not go on licking your paw like that—as if Dinah hadn't washed you this morning! You see, Kitty, it must have been either me or the Red King. He was part of my dream, of course—but then I was part of his dream, too! Was it the Red King, Kitty? You were his wife, my dear, so you ought to know—Oh, Kitty, do help to settle it! I'm sure your paw can wait!' But the provoking kitten only began on the other paw, and pretended it hadn't heard the question.

Which do you think it was?

A boat beneath a sunny sky,
Lingering onward dreamily
In an evening of July—
Children three that nestle near,
Eager eye and willing ear,
Pleased a simple tale to hear—
Long has paled that sunny sky:
Echoes fade and memories die.
Autumn frosts have slain July.
Still she haunts me, phantomwise,
Alice moving under skies

Never seen by waking eyes.
Children yet, the tale to hear,
Eager eye and willing ear,
Lovingly shall nestle near.
In a Wonderland they lie,
Dreaming as the days go by,
Dreaming as the summers die:
Ever drifting down the stream?
Lingering in the golden gleam?
Life, what is it but a dream?

◆ THE END ◆